BL

143

Dello stesso autore:

Giúnapoli

Fino a Salgareda

Addii, fischi nel buio, cenni

Published by arrangement
with The Italian Literary Agency

ISBN 978-88-545-1765-3

Il nostro indirizzo internet è: www.neripozza.it

SILVIO PERRELLA

IO HO PAURA

NERI POZZA

Ci starò un mese. Ci vengo da anni. È il luogo dell'estate. Isolato all'interno di una grande tenuta. Varcato un cancello, bisogna percorrere piú e piú chilometri, attraversando la campagna e costeggiando pini fichi viti ulivi e carrubi, per approdare a Qui.

Quando ci sono venuto la prima volta ero ancora un figlio. Fu mio padre a scoprire quello che con mia madre si trasformò nel loro *buen retiro*.

Poi sono diventato padre, e da padre quante volte mi è battuto il cuore all'impazzata perché prima l'una e poi l'altro dei miei figli erano stati apparentemente inghiottiti dal buio dal mare o dalla pineta.

Immagini di apocalisse negli occhi. Dove sono? Dove sono? Eccoli, stanno giocando con nuovi amici. Eccoli: cuore quietati, respiro abbandona l'affanno, passo recupera la tua stabilità.

La paura a Qui è ovunque. E bisogna imparare a tenerla a bada.

Stanotte mi sono incantato a guardare la trapuntura luminescente del cielo. Si vedono la Via Lattea e le nebulose e il Grande Carro e il Piccolo... C'è un silenzio! Però so bene che all'improvviso potrebbero arrivare i cinghiali. È vietato cacciarli e loro si moltiplicano e fanno razzie di orti.

Li vedi a volte che in fila indiana – prima i genitori, poi i cuccioli – attraversano la strada. I cinghiali fanno paura? Certo che possono farla. Può capitare che ti aggrediscano. A me sinora non è mai successo. Ma nei racconti sí.

I racconti girano a Qui. È un luogo che essenzializza ogni cosa. Sia di giorno sia di notte. Però le cose peggiori accadono quasi sempre di notte, nel fitto del buio. E a Qui il buio è davvero buio. L'illuminazione delle strade è cosa recente. E non è poi tanto estesa.

Se cammini lungo il viale che conduce al mare, incontri le luci guizzanti dei ragazzi che si sono dati appuntamento per stare insieme sul molo. Dietro ogni curva è sempre misterioso quel che può succedere.

Appuntamento a Brera, aveva detto l'editore. Per un aperitivo. Va bene, ci vediamo lí, avevo risposto.

Mentre parlavamo si era messo a piovere. Ma non cosí tanto da farci spostare all'interno. L'ombrellone bastava a ripararci, e poi il discorso aveva preso una buona piega. Gli dissi della paura. È il sentimento piú antico che ci abita, cominciai. Quando ci prende, regrediamo a strati e strati precedenti della nostra evoluzione.

Quando ci prende, precipitiamo in un buio primordiale. E qualsiasi cosa possa sedarla la facciamo, anche se dopo ce ne pentiremo amaramente.

Ma la paura della quale mi piacerebbe parlarti, gli dissi, non è solo quella che provavamo da bambini quando di notte ci coprivamo la testa con il lenzuolo per evitare che i fantasmi ci toccassero.

Quella è una paura naturale; la paura che ci ha fatto quel che siamo. Quella di oggi è purtroppo una paura industriale, fabbricata ad arte, che non ha un oggetto preciso e dilaga e diventa metafisica e si mette tra noi e gli altri come un'erba infestante e ci separa e ci fa soli e dispersi; e soprattutto ci fa sudditi. È la dittatura della paura.

L'editore mi ascoltava. Poi disse: scrivi un breve libro su questo tema, e scrivilo presto, la casa editrice è pronta a pubblicarlo.

Da quando sono a Qui faccio sogni che riguardano il passato. A volte mi sveglio con le lacrime agli occhi.

Poi il frinire dei grilli diventa come un massaggio acustico. Dimentico i nodi che prima o poi dovrò sciogliere e m'avventuro tra le ore del giorno.

Quel che piú mi preme fare durante questo mese è nuotare. Nuotare a lungo tra due punti che ben conosco, unirli con il corpo: all'andata a stile libero, al ritorno a dorso.

Entro in acqua come se si trattasse di un rito, compiendo quasi sempre gli stessi gesti. Poi ecco l'esplorazione del mondo come acqua. Gli occhialini mi aiutano. Da miope vedo meglio sott'acqua che sopra.

Vado, bracciata dopo bracciata, verso la meta. Ogni volta è necessario trovare il giusto ritmo e la coordinazione piú efficace. Il braccio destro si spinge in avanti, mentre quello sinistro sta finendo la sua rotazione all'indietro e si appresta a sbucar fuori gocciolando tra aria e acqua. Nel frattempo, mentre i piedi battono il crawl, la testa si gira di lato a prendere respiro, ingurgitando quanta piú aria possibile.

Laggiú passano pesci e oscillano sinuose posidonie e i ricci se ne stanno attaccati negli anfratti e ci sono scogli che sembrano triangoli come se li avesse disegnati Paul Klee.

Cosa penso? Non lo so con precisione. Ed ecco che sono giunto alla meta. E la meta è uno scoglio che si profila come una faccia azteca e vien fuori dal mare solo di poco, quel poco che basta a farlo scorgere. È una maschera, piú che una faccia. E incute timore. Forse, se non mi fossi abituato a vederlo, mi farebbe paura.

Andare a dorso, al ritorno, implica un atto di fiducia. Bisogna sapersi abbandonare a una percezione indiretta dello spazio che ti sta dietro. Certo, si gode del cielo e delle nuvole e spostando l'occhio di lato si può vedere l'iridescenza del mare smosso dal corpo che va. Ma se ci fosse una medusa o se un'imbarcazione impazzita fosse già nei tuoi paraggi?

Non lo sai con esattezza, devi imparare ad andare controllando il tuo andare. Devi andare facendo i conti con la paura.

Quando si va a dorso, l'io si capovolge. E lo stesso fanno i pensieri. È un buon esercizio. Le braccia girano all'indietro. Si è stabilito un buon ritmo. Si prende aria e la si butta fuori. E mentre i movimenti si compiono, si fa spazio il pensiero della paura. E quasi mi viene da fermarmi, lí, nel bel mezzo del tragitto. Ma vado avanti, mulinando le braccia all'indietro, con circospezione.

Il cielo diventa come uno schermo sul quale si proietta la figura di un signore alto, sembra un principe africano, i suoi capelli una nuvola bianca. Che eleganza in quel suo entrare nel teatro veneziano! Parla in inglese, scandendo con esattezza melodica le parole. È un poeta. Dice che siamo immersi in un clima di paura.

«Voglio credere» sento la sua voce argomentare «che siamo tutti d'accordo su cosa sia la paura. Se anche cosí non fosse, siamo tutti concordi nell'individuarne i sintomi, nel riconoscere quando un singolo o una comunità vengono oppressi e soggiogati dai condizionamenti della paura. Quel che è certo è che abbiamo imparato a collegare la paura a un indiscutibile venir meno della possibilità di esercitare la nostra volontà».

La nostra volontà: mentre mi sembra di leggere le parole del principe africano sulla pagina azzurra del cielo, la mia volontà è come se s'indebolisse. Il «nuovo manto della paura» di cui lui parla avvolge anche me.

Mi dico: sei un pazzo a nuotare a dorso, non vedi quante barche sono arrivate, ci potresti andare a sbattere la testa contro, potresti ferirti. Nuotare all'incontrario è un esercizio che non andrebbe fatto. Gli arti mi si contraggono. Non sai che il nostro è il tempo della paura generalizzata?

Un aspetto fondamentale di questa paura diffusa – aggiunge l'uomo che parla nel teatro veneziano – «è che determina in qualche misura un venir meno della considerazione che ciascuno ha di sé: si è espropriati di una parte di sé, di un grado di consapevolezza, e questo può portare anche a un crollo della propria autostima, a una perdita, in definitiva, della propria dignità profonda. Ovviamente non è sempre cosí, e sono proprio i casi in cui ciò non avviene a permetterci di fare alcune fondamentali distinzioni tra i differenti contesti nei quali la paura assume le sue particolari caratteristiche».

C'è una netta differenza tra la paura di un incendio o di una guerra e quella esercitata da uno Stato totalitario sulla popolazione.

A Qui non passa estate che non ci sia qualche incendio. Un anno, complice il vento che soffiava potente, le fiamme lambirono le case. Si sentiva il crepitare degli alberi, le pigne che scoppiavano, l'accartocciarsi delle foglie.

Il fuoco veniva avanti senza che fosse semplice impedire il suo furioso cammino. Ma dopo i primi momenti nei quali lo sgomento la faceva da padrone, ci si cominciò a industriare. Non solo chiamando i soccorsi, ma dandosi una mano l'un con l'altro. Ognuno sentiva di essere necessario: i contadini, i pescatori, gli uomini, le donne e anche noi abitatori temporanei del luogo.

La gran parte fece quel che poté, finché il vento si acquietò e la velocità di propagazione delle fiamme diminuí. I danni dell'incendio furono ingenti, ma nessuno morí e ci si accorse che l'opporsi al fuoco aveva funzionato come collante tra le persone.

La paura era lí, si vedeva, avanzava verso di noi, ma proprio per questo ci si poteva relazionare con lei. Si poteva esercitare la nostra volontà, sapendo che avrebbe potuto esser sconfitta; si poteva farlo, e questo permetteva l'azione. Non agiva nessun "venir meno".

Quando, lí a Venezia, quel poeta parlava delle situazioni di guerra, diceva: «Se anche sulla popolazione piovono bombe e missili senza tregua, è la guerra stessa a lasciare uno spazio alla volontà e a limitare cosí l'abbattimento interiore che deriva dal senso di impotenza».

Ne deriva che «esiste un tipo di paura con cui si può convivere, che si può ignorare, poi ne esiste un altro tipo, che può essere recepita come esperienza terapeutica, mentre ve ne sono altre che sono semplicemente degradanti».

Quest'ultima falcidia la dignità individuale, ti mette in ginocchio, oscura la possibilità di usare i sensi e dunque di farti un'idea di quel che si può fare e di quel che invece è impossibile.

Quando parlavo con l'editore della dittatura della paura, mi riferivo proprio a quest'ultimo tipo. E non si tratta certo piú della bomba atomica, che dopo la seconda guerra mondiale è stata il presupposto dell'equilibrio del terrore e della lunga Guerra Fredda, nel cui clima siamo cresciuti, soprattutto in Occidente.

«La minaccia nucleare fa naturalmente ancora parte dell'attuale clima di paura, ma la bomba atomica è soltanto una delle armi del suo arsenale, di quel fantomatico kit fai-da-te che sta dentro una valigia e può essere assemblato in qualsiasi toilette».

È come se chiunque portasse con sé una potenziale bomba atomica: e sono la sua insensatezza, il suo fanatismo, la stupidità o l'estrema povertà. Ognuno ha con sé quel che si è chiamato con una sigla: MAD (Mutual Assured Destruction). La Mutua Distruzione Assicurata non è piú dominio delle superpotenze, ma è potenzialmente dietro ogni angolo.

Ed è dunque possibile sostenere che oggi «la paura è un potere occulto, invisibile, il potere del semi-stato, un'entità che non può rivendicare confini fisici, che non sventola bandiere nazionali, che non fa parte di nessuna associazione internazionale, che è in tutto e per tutto folle tanto quanto la dottrina dell'annientamento del MAD, cosí pacatamente professata dalle superpotenze».

È una nuova tipologia di paura, e ogni angolo di pianeta vi si piega: una paura globalizzata e pulviscolare. Per combatterla bisognerebbe darle nomi giusti e veri (al diavolo le sigle e gli acronimi); bisognerebbe circoscriverla, guardarla in faccia come si guarda un incendio. Ma come fare se una semplice borsa della spesa lasciata innocentemente all'entrata della metropolitana si può trasformare in un potenziale nemico, con una capacità di devastazione meno spettacolare ma altrettanto spaventosa di quella di un aereo che precipita dal cielo come una palla di fuoco? E se uno zainetto sospetto può fare letteralmente impazzire un'intera piazza?

Sí, la «realtà è sempre piú prossima alla fantascienza, oppure è la storia che si sta trasformando in una finzione, nella continua replica di se stessa». E spargere i semi della paura nel cuore di milioni di persone sta diventando un gesto semplice e immediato.

Sono arrivato a destinazione. Ma la voce di quel signore alto ed elegante continua a risuonare nella pineta di Qui. Sale per i tornanti verso la collina; il viavai delle onde vi s'intreccia. Voce di persona che ragiona e voce di natura che percorre lo spazio incessantemente. Da qui a lí; da lí a qui, simile a un manto che tutto copre e tutto scopre. Ma diverso e opposto al manto della paura industriale.

Invisibile, innominata, spruzzata ovunque come un DDT o un diserbante, quest'ultima è un veleno che fa deserto, che affoga il vivere dei giorni; veleno che inquina i gesti e acceca; veleno che cade come una fleboclisi goccia a goccia e fa lago d'ansia, ma non mare, non mare.

Già al mattino veniva fin su, fino a casa, il frastuono del mare. Vento di tramontana, finalmente. Spazzerà via il caldo torrido.

Arrivando al molo in bicicletta mi è subito chiaro che oggi sarà difficile fare la consueta nuotata. Me ne sto un po' a guardare i cavalloni, prendendomi di tanto in tanto gli spruzzi sulla maglietta e sugli occhiali.

Respira a pieni polmoni, mi dicevo. C'è iodio a volontà.

Poi ho deciso di riprendere la bicicletta e di andare dall'altra parte della punta. Capita che quando di qua il mare è mosso, di là lo sia molto meno o per nulla.

Anche di là però oggi il mare spumeggia strattona e schiaffeggia. C'era una sedia proprio di fronte allo spettacolo tumultuoso. Mi ci son seduto.

Onde in ogni direzione, spezzate dalla quinta dell'isoletta sopra la quale c'è il faro. Confusione di onde che a volte si tagliavano la strada, mentre il vento le sospingeva a riva. E sassi sfrigolanti nella risacca. Suono simile a quello del ghiaccio tritato. Vento a scompigliare i capelli e a insinuarsi nelle orecchie.

Mi sono alzato e son tornato indietro. E di nuovo eccomi al piccolo molo. Chissà per quale ragione imperscrutabile, ho deciso di tuffarmi. Il vento mi sembrava diminuito. E invece, una volta in acqua, dopo poche bracciate, è arrivata una sequenza di onde come di rado ne avevo viste.

Prima l'una, poi l'altra, ho capito che non sarebbe stato facile tornare indietro. Le onde mi spingevano dalla parte del porticciolo, dove gli scogli si fanno aguzzi e a pelo d'acqua. E ne è arrivata una che mi ha preso nella sua morsa e ha lanciato in aria gli occhialini. E poi un'altra...

Sono finito giú piú volte, e ogni volta ho provato a difendermi. Sapevo che dovevo guardarmi la schiena. Di sicuro dietro di me c'erano spuntoni aguzzi in agguato. Allo stesso tempo era necessario retrocedere. Dovevo piantare bene i piedi tra gli scogli ed ergermi all'arrivare della nuova onda. Prova prova, non puoi fare altrimenti.

E cosí sono quasi giunto ai frangiflutti che distano poco dal porticciolo. Ma anche lí, le onde arrivavano implacabili e mi dovevo piegare in due e mettere le mani tra gli scogli, sperando di non tirarle su piene di spine di riccio.

Infine, ho conquistato una roccia stabile e da lí pian piano sono riuscito a tornare sulla terraferma. Adesso che ero in salvo, mi tremavano le gambe. La paura mi risaliva il corpo, fino a installarsi nella mente.

Graffi alle mani e ai piedi, qualche piccolo dolore alle spalle. Ma soprattutto saliva che si formava in bocca e gusto di amaro sul palato.

Paura naturale, sí, non certo quella industriale. Provi a scrivere un libro sulla paura, ed eccoti, già alle prime pagine, in una situazione simile. Ma allora te le vai proprio a cercare. Chissà.

L'ho detto: Qui è una scuola di paura naturale. E se uno ci torna, è perché vuol tenersi in allenamento. Non solo il mare tumultuoso di oggi, anche la pineta-bosco può riservare sorprese. Qui è una riserva di alfabeti primari. E davvero non stupisce che sia un luogo abitato dalle favole.

Per immaginarsi che nella pineta si stiano avventurando Hansel e Gretel ci vuole un solo colpo di pollice, uno spostamento millimetrico. Li han lasciati lí il padre taglialegna e la matrigna. Sono soli. Cosa fare? Bisogna decidere in che direzione andare. Di là, forse. Di qua? Chi può dirlo.

Orizzontarsi in uno spazio che si avverte come ostile non è per nulla facile. Tra breve nel bosco-pineta scenderà il buio. Per fortuna non fa freddo; è solo un po' umido. Hansel e Gretel si guardano, vorrebbero darsi la mano, ma sentono che è meglio lasciarle libere e pronte a respingere qualsiasi attacco.

Sono soli e devono tenere a bada la paura. È una favola, un racconto d'iniziazione. È una fiammella immaginativa tenuta accesa nel buio della notte.

I due ragazzi li vediamo che camminano, uno dietro l'altro; a volte accanto. Non hanno nulla se non se stessi. Se ne stanno in silenzio, o almeno cosí pare a guardare come vengono disegnati.

Appaiono, scompaiono; sono ombre; sono chiaroscuri. Sono lí, in cima alla pagina; e sono qui, quasi pronti a poggiare il piede sullo scalino del foglio, precipitando giú sul tavolo.

Il bosco è un visibilio di curve. Tutte in un rigoroso bianco e nero. Il pennello è nervoso e preciso. Si distende per vaste campiture e, come i due ragazzi, torna indietro. È come le onde di oggi. Andirivieni continuo. La paura di Hansel e Gretel è muta. Nessun grido; nessuna testa di Medusa dalla bocca spalancata. Muti come pesci, come se stessero navigando nel sentimento piú antico del mondo.

S'iniziano allo sgomento; lo mettono nella rete metallica della mente. Si guardano negli occhi e vanno avanti, nell'oltremai. Fino a scoprire la casa di marzapane.

E se capitasse a due bambini di oggi di essere lasciati soli nel bosco? E se invece fossero due adulti?

Ieri sera, prima di addormentarmi, leggevo un racconto. S'intitola *Il rumore del fiume*. Il libro era sul letto. Ho cercato nell'indice un brano che non fosse troppo lungo, giusto il tempo d'incontrare il sonno.

È la storia di una coppia che ha deciso di tornare in un luogo isolato scoperto tempo prima. Lei ha paura: «E di cosa hai paura? E cosa intendi per paura?».

Lei disse: «Intendo che è un po' come quando vuoi deglutire e non ci riesci».

«Cosí per tutto il tempo?».

«Quasi».

Il tempo – quello atmosferico – non è proprio un granché. E loro sperano che all'indomani sarà migliorato. Se lo dicono, mentre lei pensa al suo sentimento della paura: «Se riuscissi a metterlo in parole forse passerebbe, stava pensando lei. A volte ci riesci, o quasi, e cosí te ne liberi, o quasi. A volte puoi dirti: ammetto di avere avuto paura, oggi. Avevo paura delle facce lucide e lisce, facce da topo. Avevo paura del modo in cui la gente rideva al cinema. Ho paura degli ascensori e degli occhi delle bambole. Ma per questa paura non ci sono parole. Non le hanno ancora inventate».

L'ho letto tutto il racconto, fino a provare un fil di freddo dietro la schiena, prima di avvoltolarmi in lenzuola che presto sarebbero diventate bollenti e sudate. Ma per stasera mi fermo qui nel racconto del racconto.

Per il momento mi sembra piú importante riflettere sulle paure per le quali non ci sono parole. Non le hanno ancora inventate, dice la scrittrice.

Sí, battezzare le paure dell'oggi non è per niente facile. Posso dire quel che ho sentito uscendo dal tumulto delle onde. Ma come spiegare quel che succede quando m'inducono a provare paura per qualcosa che non conosco?

Cosa?

Mi si chiudono gli occhi, proveremo a dircelo domani.

C'è una parola dal suono misterioso: amigdala. Me la rigiro nella mente e ci gioco un po'. Mi dico: l'amigdala in martingala va al galà della paura... Che ci va a fare?

Ci va perché è nel cervello limbico, dove lei si trova, che la paura significa salto mortale senza il paracadute della ragione.

Che cosa è rimasto di quel che è successo ieri nella mia amigdala?

Non saprei dire; so invece dire che se la paura naturale oltrepassa una certa soglia si trasforma in shock. E il solo ricordo può diventare insostenibile. Si fa fatica a chiudere gli occhi e a posare la testa sul cuscino. Si scappa via. Ma dove?

Oggi sui giornali si parla di tre morti annegati. Il mare di ieri, il gran Tirreno cosí amato e amabile, si è fatto assassino. Possiamo fargliene una colpa? Non è possibile. Possiamo incolpare il vento? E come farlo. Possiamo prendercela con l'universo? Non si può.

È successo. Succederà a me, a te, ad altri, qui, altrove, anche adesso da qualche altra parte.

Io ho paura, tu hai paura, egli, sí, anche egli ha paura; allo stesso tempo ama fabbricarla.

Si può fabbricare la paura? Eccome. Non c'è oggi fabbrica piú fiorente. Va a tutta birra. Dà da lavorare a chiunque e a tempo pieno. E le ferie non sono previste. Il prodotto deve essere fabbricato all'infinito. Ed esportato ovunque.

La fabbrica della paura non ha confini. Può essere impiantata ovunque. Se io ho paura e se tu hai paura, egli che la paura la fabbrica deve assolutamente evitare che l'io e il tu diventino un noi. Nel noi è possibile guardarsi in faccia e magari prendersi per mano.

La paura industriale fa deserto tra l'io e il tu. Brucia la relazione. E senza relazione, senza il confronto e il limite, non c'è nulla.

Mi viene da pensare allo sterminio degli ebrei nei campi di concentramento, un qualcosa di enorme che si svolse nel silenzio degli Stati europei. Ogniqualvolta visitiamo uno di questi campi, e lo scopriamo nei dintorni di città che allora erano fittamente abitate, ci chiediamo: com'è potuto avvenire? E una risposta plausibile riguarda la dittatura della paura.

L'elemento fondamentale di questa dittatura è l'uso della morte. La civiltà si fonda sul fatto che la morte non può essere data da uomo a uomo: è un tabú inviolabile. In tempi di pace, nessuno dovrebbe poter uccidere con le proprie mani un altro se stesso. Nessuno. Quando ciò invece accade, e accade dentro una situazione sistematica, allora si entra in un territorio malefico e "indicibile".

Ci vorrebbero i nomi, perdio. I nomi da dire con calma e nettezza. In molti luoghi paura e morte vanno a braccetto; sono una duplice dittatura.

Quando sei sottoposto alla dittatura della morte, la paura signoreggia su ogni cosa. "Vita" è una parola cosí difficile da usare, ma dobbiamo azzardarci a pronunciarla, a darle i nomi che di volta in volta invoca per tornare a essere una declinazione della dignità. Dire: io ho paura, dirlo in pubblico, significa stanare la paura dell'altro te stesso; significa metterla in comune. Due paure sono meno che una sola paura.

Il percorso al quale tutti siamo chiamati è irto e difficile; e piú si è onesti e piú è facile perdersi per strada.

Hansel e Gretel sommano i loro io. Il bosco è pieno zeppo d'insidie. Però loro sanno che bisogna tenere gli occhi aperti e quel rumore improvviso è un frutto che cade e quel fruscio potrebbe certo esser un serpente. Ma lui va di là, loro due vanno dalla parte opposta.

Nel bosco vivono gli animali; il bosco non è una città. Bisogna provare a conoscerli, tenendosi alla giusta distanza.

La paura industriale si è a lungo chiamata MAD; si chiama AIDS; si chiama ISIS; si chiamerà con tanti altri fantasmi di nomi. La paura industriale è qualcosa che può piovere dal cielo: bomba atomica, aerei che speronano grattacieli, pioggia tossica... La paura industriale non ha un vero oggetto. Aspira alla metafisica. Dilaga come una nebbia fitta e fosca.

D'altronde cosa c'è di piú antico della paura? Quando ne siamo vittime regrediamo agli stadi piú primitivi. Siamo come dei primati. E l'amigdala gozzoviglia.

L'amigdala va messa nell'amido. È una ladra, lo sai? E non la si compra nemmeno con le am-lire. Gioco di nuovo, gioco con le parole. Esorcismo?

Certo, stanotte sembrava che il sonno stesse per arrivare, però prima si faceva avanti il frastuono del mare. E sulla bocca il sapore acre del sale tornava a galla. Il cavallone mi metteva la testa giú, con mano ferma. E poi passava e venivo fuori all'aria sputando l'agrume dell'acqua. Ma ecco che ne correva avanti un altro e con mano altrettanto ferma mi buttava di nuovo giú, nel vortice buio, a un millimetro dagli spuntoni di roccia. E poi finalmente il sonno, la requie del sonno.

E quel racconto del fiume? La coppia è a letto. Parlano. La luce che proviene dai comodini è fioca. Non consente di leggere.

Parlano del fiume. Lo ricordavano diverso. «È liscio come se fosse ghiacciato. E sembra molto piú largo» dice lei.

Lui le risponde: «Ghiacciato? No... Vivo direi, vivissimo, in un suo modo misterioso. Una chioma fluente».

E mentre lo dice non sembra piú rivolgersi alla compagna. Sta "come parlando da solo". E anche lei sta astraendosi nei suoi pensieri: «Lei, stesa sul letto, ricordò come sotto la luna il precipitoso fiume scuro dalla superficie increspata le fosse apparso diverso. Le cose sono piú potenti delle persone, ne sono stata sempre convinta».

Poi nel racconto si apre una parentesi e si legge, come se si trattasse di una voce proveniente da chissà dove: «Non sei mia figlia, se hai paura di un cavallo. Non sei mia figlia, se hai paura del mal di mare. Non sei mia figlia, se hai paura della forma di una collina, o della luna quando cresce. Anzi non sei proprio mia figlia».

La parentesi si chiude; il racconto continua.

Che grazia si trova in queste righe. La grazia di chi sa alimentare il mistero con nulla. Sottraendo finché può. E facendo risuonare ogni sottrazione come si trattasse di presenze vive che si sono temporaneamente assentate.

Righe scritte come il fiume visto e ascoltato dalla coppia. Le frasi appaiono rapide sulla pagina e si capisce bene che non vogliono rimanerci a lungo. Il racconto vuol presto andare verso la chiusa. Vuol scomparire, lasciando la scia fluente e luminosa di un frammento di vita pescato quasi d'improvviso dal disordine del mondo.

Sono frasi pescate proprio in quel fiume, vive, vivissime: chiome fluenti. Ed è per questo che non posso dirvi come il racconto va a finire. Andate a cercarlo da voi. Non si può fare altrimenti.

Non sei mia figlia, se... Non siamo figli, no. Non lo siamo piú. O lo siamo all'ennesima potenza, noi e le nostre incerte vicende.

Li sento fratelli, i tre morti annegati di ieri. Piango per loro, io che sono stato risparmiato. Tutt'e quattro abbiamo sfidato il nostro istinto di autoconservazione. Abbiamo varcato il confine della paura. Io ho avuto la possibilità di tornare indietro, loro purtroppo no.

Poter tornare indietro. Quella volta Luciotto e io non ci riuscimmo. Non era in gioco la morte, per fortuna. Correvano gli anni Settanta del secolo scorso. Era tempo di raduni giovanili. Si ascoltava musica dal vivo. E qualcuno provava di tanto in tanto un comizietto.

Per raggiungere il luogo dove si sarebbe svolto il nostro festival di musiche popolari, avevamo preso un trenino scalcagnato che si era infilato in una campagna antica, e lí, non lontano, si presentiva il mare.

Era già un miracolo che ci fosse un mezzo pubblico e potesse condurci fin lí; fino a un attendamento cresciuto alla bell'e meglio; in fondo un palco; e oltre lo sciabordio di onde melmose e scure.

I musicisti si alternavano sul palco, ma noi all'epoca eravamo incontentabili. Per ognuno sorgeva un problema insormontabile e si decideva presto di mandarli via. Fischi a salire nell'aria, lattine lanciate contro le chitarre, inviti certo non suadenti di sgombrare.

Passò il tempo. Luciotto e io saremmo dovuti tornare a casa. Era già buio. E c'incamminammo verso la stazione del trenino che avevamo preso all'andata.

Nel bel mezzo del cammino, da un viottolo oscuro sbucarono dei cani. Cominciarono ad abbaiarci contro. Che fare?

Luciotto sentiva il mio fremito e diceva: continua a camminare come se nulla fosse, cammina con la stessa andatura che avevi prima. Io vedevo i cani avvicinarsi e allo stesso tempo sentivo la sua voce.

Certo, sapevo che aveva ragione; e d'altronde le esperienze con i cani non mi mancavano. Eppure, quasi senza accorgermene, cominciai a correre.

Correvo inseguito dai cani. Correvo con il cuore che mi batteva come uno dei tamburi fatti vibrare prima dai percussionisti sul palco. Come fermarmi, come fermarlo?

Luciotto aveva smesso di parlare. Forse mi guardava, pensando: l'avevo avvertito, guarda questo stupido che ci mette i cani contro.

Quando i cani mi erano quasi alle costole, riuscii a fermarmi. E anche loro ebbero la stessa idea. Sí, si fermarono anche loro, li vidi girarsi e andarsene, tornando nell'inchiostro nero del loro viottolo.

Mi raggiunse Luciotto rimproverandomi. E nel frattempo eravamo giunti alla stazione. Ed era tutto buio. Nessuno. Silenzio.

Sí, la stazione era chiusa; i treni chissà da quanto dormicchiavano nei depositi. Dovevamo tornare indietro e trovare qualcuno che ci ospitasse per la notte in una delle tante tende.

Avremmo dovuto rifare la stessa strada. E i cani, i cani ci avrebbero abbaiato contro di nuovo? E io, io sarei stato in grado, questa volta, di tenere a bada la paura? Tutt'intorno la notte si spalmava ovunque, la musica taceva e ad aguzzare l'udito si poteva sentire il rantolio del mare.

L'amore per la musica ci aveva condotto sin lí. Quella musica che ci aveva moltiplicato la vita. Suonavamo anche noi, ma soprattutto ascoltavamo ascoltavamo ascoltavamo. Utopia dei suoni. Ritmi sbilenchi e dispari. Voci stralunate e qualche volta in falsetto. Unisoni schizoidi. E improvvise radure di quiete e di armonie quasi celestiali.

Quella sera, certo, la musica ci aveva deluso. Nessuno o quasi a farci palpitare. Ma altri viaggi avremmo fatto per raggiungere i nostri amati: in autostop, in treno, in automobili piene zeppe.

Assetati d'udire quel che per le generazioni precedenti non esisteva ancora.

Ed erano mescole, storie nuove, e purtroppo anche morti precoci. E la paura? La paura tutt'al piú consisteva nello schivare una rissa o l'irruzione "politica" dei nemici. Ma non di piú.

Non era ancora giunto il tempo dei "folli" che sparano all'impazzata sul pubblico e se ne infischiano che si tratti di ragazzi e di ragazze. Quel tempo era lontano da venire.

Eravamo quasi già giunti all'accampamento. Non sarebbe stato difficile trovare ospitalità sotto una tenda. E cosí fu.

Oggi Stefano mi ha raccontato di una volta che la paura l'ha quasi costretto a farsi la pipí addosso. Guardavamo il mare che lentamente sta tornando alla sua dimensione abituale, almeno per questa stagione.

Stefano, che di mestiere fa il vulcanologo, ama fare surf. Lo osservo quando si avventura tra i flutti, con i piedi ben fermi sulla tavola e il corpo leggermente arcuato. Va fluido e porta con sé la conoscenza del mare.

C'è stata una volta, però, che la sua conoscenza è sembrata non bastare. La lotta con le onde si è fatta ardua. E sembrava che fosse impossibile ritornare a riva illesi.

Se adesso è qui che me lo racconta, significa che quella volta finí per cavarsela.

Succede, però, che proprio quando «capii di avercela fatta, il corpo si rilassò all'improvviso e rischiai di farmela addosso».

La paura, dunque, a volte può essere retrospettiva; e farsi largo in noi e signoreggiarci quando la lotta per la sopravvivenza è scemata.

La paura industriale è invece preventiva. Viene somministrata ancora prima che qualcosa di concreto si verifichi. Sí, è qualcosa d'invisibile.

Non sono un complottista, ho detto a Stefano; non credo che ci sia un disegno preordinato e che dunque agisca un solo Grande Fratello. No. Penso invece che le fonti siano molteplici. Il grande problema è che tendono a fare sistema. Succede quel che succede quando si fa quel gioco enigmistico, unendo i puntini sparsi dentro il perimetro della pagina. Prima uno poi l'altro, ed ecco che compare una figura. La figura della Grande Paura.

Stefano annuiva. Con chiunque parli della paura, scopro presto che è un qualcosa che sta a cuore. Sta a cuore a *io* e sta a cuore a *tu*. Ma non riusciamo a farlo stare a cuore a *noi*.

Ne parliamo poco e in modo circospetto. Spesso abbiamo paura di condividere la paura. Eppure, è solo nella condivisione il vero antidoto.

Siamo esseri immersi in una rete di relazioni. Conosciamo per confronti e per paragoni. Non dobbiamo temere di fare errori, perché l'errore produce energia. Di continuo si fanno errori, e a ben pensarci, la conoscenza consiste nel tentativo di correggere l'errore.

Se ci è concesso il tempo, se ci è concessa la possibilità della seconda *chance*, non possiamo correre il rischio di sprecarli senza fare delle prove di correzione. Dobbiamo dotarci di ago e filo e provare a fare delle risarciture. Ci riusciremo? Nessuno può dirlo, ma il solo tentarci fa respirare meglio.

Dopo la nostra conversazione, Stefano è tornato verso casa, dove lo aspettano la moglie e una bimba nata da meno di un mese. Essersi salvato dalla disavventura che è stata oggetto del suo racconto, gli ha permesso di farsi trovare pronto all'appuntamento con la paternità. La sua risarcitura è andata a buon fine, e oggi non si vede piú nemmeno l'opera dell'ago e del filo. Si è dissolta nell'aria. È sparita.

A che punto del loro cammino sono Hansel e Gretel?

Me li figuro che si aggirano all'interno della pineta. Fanno le loro prove di orientamento. A Qui, se ci si avvicina alla costa, i pini sono piegati dal vento. Può capitare che la chioma sia parallela al terreno e che sul tronco ci si possa sedere.

Ti sembra che alcuni di questi alberi stiano pregando nel viavai dell'aria.

All'interno sono piú fitti e dritti. E c'è un punto dove svettano come un tempio. I tronchi-colonne si accostano gli uni agli altri seguendo una pendenza che scivola verso il mare. E ci sono momenti del giorno, soprattutto quando il sole si appresta a calare, che il tempio vegetale e arboreo assume fattezze botticelliane.

Il mare luccica laggiú e tra tronco e tronco compare l'isoletta con il faro ben piantato sul groppone, che segnala ai naviganti la presenza di una temibile secca. Se ne sono viste da queste parti di imbarcazioni, soprattutto barche a vela, che sono finite dritte sugli spuntoni di roccia e si sono arenate ed è stato necessario che altre imbarcazioni e uomini esperti se ne prendessero cura per ripararle e rimetterle in condizioni di navigare.

È sempre piú diffuso l'analfabetismo del mare; ma non solo: come diceva prima Stefano, c'è un ammanco di conoscenza simile a una voragine. Ed è in questo crepaccio che proviamo a lanciare liane fatte di parole. Serviranno?

Hansel e Gretel hanno trovato lungo la strada un rifugio di fortuna. È una casa diroccata che ha tutt'intorno come un recinto di pietre e su un lato sembra che ci siano i resti di una piscina. Ma proprio di una vera piscina non si tratta. Era piuttosto una vasca per lavare i fichi e poi metterli a essiccare lungo i bordi.

A Qui i fichi sono come una religione della natura. Maturano prima e sia quelli bianchi sia quelli neri sono una delizia che allieta il palato. La nostra padrona di casa li lascia al mattino, insieme ai pomodori, sul tavolo del patio. E tornando dal mare o per prima colazione saranno il pasto preferito.

I fichi, i pomodori, le pietre. A Qui quel che è essenziale primeggia. Il resto va messo da parte. E se proprio non ti riesce di metterlo da parte, allora è meglio che tu diriga la prua dei piedi verso altri lidi.

Questo luogo è essenzialità. Le pietre non si mangiano, direte. Sí, non si mangiano, ma solo se hai saputo tenerle a bada, puoi tornare a casa illeso e con il gusto del cibo. Altrimenti, vuol dire che ci sei caduto sopra e che l'impatto ha lasciato segni e che è corso il sangue e che il primo ospedale è stato visitato e che ago e filo sono serviti a ricucire i lembi sconnessi del corpo sconquassato.

Chi di noi non ha almeno un segno di un impatto con le pietre? Inciampi, cadute dalla bicicletta, scivolate... E c'è stato di peggio, tanto di peggio; ma ho pudore a parlarne. Ho pudore perché quando non è piú possibile usare ago e filo, allora chi resta patisce per sempre la mancanza e il vuoto e chissà cos'altro.

È come nel racconto letto di notte: per questi fatali avvenimenti «non ci sono parole. Non le hanno ancora inventate».

È da giorni che ho sulla punta della lingua la storia di Nina. A Qui tutti l'apostrofano come "la pazza".

La vedi che passa e spassa dinanzi al patio. Ha sempre qualcosa tra le mani: uno strofinaccio, un fico, un filo d'erba, un pettine... Vestita di abiti che sono quasi stracci, ma che ancora conservano l'aspetto della "veste", porta pantofole sdrucite e qualche volta si lava e altre dimentica di farlo.

Di notte va a dormire a casa di certi parenti; deve avere un suo cantuccio, dove m'immagino ci sia un giaciglio e poco altro. Può anche non parlare per giorni e giorni; e poi stupirti chiedendoti qualcosa o riconoscendoti e chiamandoti per nome.

Ma il suo è sempre un gesto unilaterale, perché se provi a rispondere, lei è già andata altrove.

Ha occhi che guardano in un modo tutto proprio. È come se mettessero a fuoco porzioni di spazio sempre tornando a strisciare quasi per terra. Occhi che costeggiano i muretti perimetrali, mai volando verso il cielo.

Mi chiedo se Nina si conceda il lusso di guardare le stelle. Le sue faccende sembrano non finire mai. Va e viene, viene e va. E può capitare che apra il cancelletto e si approvvigioni di acqua facendola scorrere dal rubinetto esterno.

E può capitare anche che la si trovi seduta sotto un albero, i suoi soliti stracci lasciati in disordine qui e là, e lei intenta a "riposarsi".

Però ho la sensazione che Nina non abbia mai il tempo di riposarsi. A volte le viene il desiderio di qualche bibita dolciastra o di una birra. E viene vicina al muretto e te la chiede. E se tu ce l'hai e gliele dai, lei se ne va contenta, lanciandoti prima di sparire un'occhiata misteriosa, dove l'allegrezza si mescola alla malinconia.

Per tutti a Qui, Nina la pazza è Nina la pazza. La sua vita può scorrere parallela a quella degli altri, senza che succedano mai grandi incidenti. Tutt'al piú un suo parente può darle qualche buffo quando non vuol farsi tagliare i capelli o recalcitra davanti alla pompa pronta per lavarla dai sudiciumi terrosi che le si depositano lungo il corpo.

Se avesse avuto la sfortuna di nascere in una città, non avrebbe potuto godere della libertà che l'essenzialità di Qui le concede. In una città, alla sua "malattia" sarebbe stato necessario dare un nome scientifico e trovarle una cura, mettendola all'interno di complicate procedure ospedaliere.

A Qui basta dire Nina la pazza e tutto è chiaro. E questo le permette di andare per i campi e gli alberi di fichi e di carrubi, svoltando quando è possibile per gli orti e i filari di viti.

Quando s'incontrano Nina la pazza e un cinghiale, cosa succede?

C'è stato forse un tempo che Nina si vestiva come si deve e che il suo eloquio magari non era del tutto fluente, ma almeno comprensibile. Deve pure avere avuto un fidanzato e chissà se nella sua mente si è profilata l'idea di un matrimonio e magari di bambini da partorire e da allevare.

E poi all'improvviso un bagliore, quasi un accecamento, il mondo che retrocede, il respiro e il cuore quasi spariti e il mare, laggiú, come sospeso in un'onda interminabile che non riesce a toccare riva.

Nina aveva i capelli e gli occhi neri e le forme femminili al loro posto e non mancava di una certa eleganza. Nina fidanzata e poi sola, come colpita e stordita dallo scudiscio del sole.

Il mondo? Non piú. Non piú adesso e non piú domani. Non piú per sempre. Nina sbalzata fuori dall'ordine del tempo e delle abitudini. Nina sola, solissima, come in un deserto dove c'è ancora tutto quel che c'era ieri, ma è impraticabile, distante, inaccessibile. Nina e questo luogo una sola cosa.

Ci fu una notte, anni fa, che me ne tornavo a casa, risalendo il viale che dal mare porta alle poche abitazioni nelle quali d'estate alcuni di noi vivono fianco a fianco agli autoctoni. Il buio era quasi totale e anche il silenzio troneggiava lungo la strada. Potevo quasi sentire il suono dei miei muscoli che lavoravano per portarmi a casa.

Arrivai a uno spiazzo dove c'è un edificio che una volta fu adibito a scuola e che in seguito ha avuto altre funzioni, oltre a essere stato chiuso per un bel po'. Mi fermai a riprendere fiato, dopo avere affrontato una breve salita.

All'improvviso sentii di non essere piú solo. C'era qualcuno dietro di me, ne avvertivo il respiro. Il cuore cominciò a battermi in petto. Trovai il coraggio di girarmi con quanta piú velocità possibile.

Dietro di me c'era lei. I miei occhi s'incontrarono con i suoi, neri nel nero della notte. Fu un attimo. Forse gridai. L'attimo dopo era sparita.

Forse fu quella notte che si fece spazio in me l'idea che Nina avesse qualche cosa a che fare con Bella. Sí, Bella, la donna che a Qui si racconta abitasse nella casa che oggi è una rovina e che è la prima che s'incontra dopo l'ingresso nella tenuta. L'unica che sorga dalla parte del mare e che è raddoppiata da un altro edificio, molto probabilmente un fienile.

Ogni volta che ci passo mi viene da pensare a una natura morta che riluce nell'aria. Forse per le pareti dilavate o per i soffitti sfondati. O forse perché anche nell'abbandono continuano a sprigionare l'idea e la pratica della decenza.

Nei dintorni si apre una bella baia, un ampio semicerchio fatto di sassi. Una "spiaggia", insomma, che ha tutt'intorno pini che se ne stanno a un dipresso del mare, quasi in un dialogo infinito. Pini che sono lí lí per scivolare nell'acqua e che invece, anno dopo anno, resistono nei loro scoscendimenti aggrappandosi a radici intricate e fitte.

A Qui tutti la chiamano Bella, con la "B" maiuscola. È affondando nel mare di questa baia che Bella trovò la morte?

I racconti sono piú d'uno, intricati e fitti come le radici dei pini. In tutti c'è però un momento nel quale la bella donna, approdata a Qui per amore, sprofonda nel mare con tutti i vestiti addosso.

Forse le si sono attaccate al corpo pietre cosí pesanti che possono tenerla giú fino al momento che il respiro si ferma per sempre allagato dall'agrume del mare.

Ma è lei a darsi la morte o invece sono altri – uomini misteriosi e scuri – che le impongono di finire per nascondere il misfatto che il corpo di Bella non potrà nascondere ancora a lungo?

Bella è incinta? In alcune varianti del racconto sembrerebbe di sí. In altre, Bella aspetta il suo uomo che è stato chiamato altrove forse da una guerra forse da altro.

Bella e Nina la pazza devono essersi conosciute. Forse hanno cantato insieme, mettendosi la mano una sulla spalla dell'altra, come si usava a Qui nelle feste.

Quella notte lo pensai. Devono essersi conosciute in qualche tempo, anche se i loro tempi non coincidono per nulla. O forse sí? Anche solo per un attimo.

Devono essersi conosciute e Bella avrà deposto nelle orecchie di Nina il suo racconto, quel racconto che nessuno di noi sa ricostruire in tutti i suoi passaggi. È proprio quel racconto che ha gettato Nina nel buio della sua quieta pazzia?

C'è una poesia di Constantinos Kavafis. S'intitola *Aspettando i barbari*. La trascrivo nella classica traduzione di Nelo Risi e Margherita Dalmàti:

Cosa aspettiamo qui riuniti al Foro?

Oggi devono arrivare i barbari.

Perché tanta inerzia al Senato?
E i senatori perché non legiferano?

Oggi arrivano i barbari.
Che leggi possono fare i senatori?
Venendo i barbari le faranno loro.

Perché l'imperatore si è alzato di buon'ora
e sta alla porta grande della città, solenne
in trono, con la corona sulla fronte?

Oggi arrivano i barbari e il sovrano
è in attesa della visita del loro
capo; anzi ha già pronta la pergamena
da offrire in dono
dove gli conferisce nomi e titoli.

Perché i nostri due Consoli e i Pretori
stamane sono usciti in toga rossa ricamata?
Perché portano bracciali con tante ametiste

e anelli con smeraldi che mandano barbagli?
Perché hanno in mano le rare bacchette
tutte d'oro e d'argento rifinito?

Oggi arrivano i barbari
e queste cose ai barbari fan colpo.

Perché non vengono anche i degni
oratori a perorare come sempre?

Oggi arrivano i barbari
e i barbari disdegnano eloquenza e arringhe.

Tutto a un tratto perché questa inquietudine
e questa agitazione? (oh, come i visi si son fatti gravi).
Perché si svuotano le vie e le piazze
e tutti fanno ritorno a casa preoccupati?

Perché è già notte e i barbari non vengono.
È arrivato qualcuno dai confini
a dire che di barbari non ce ne sono piú.

Come faremo adesso senza i barbari?
Dopotutto, quella gente era una soluzione.

Lí, nel bar di Brera, mentre parlavo con l'editore, mi è venuta in mente questa poesia e poi in seguito l'ho citata piú volte in quelle conversazioni che potremmo chiamare "sperimentali".

Sí, perché quando si sta scrivendo un libro, può capitare di portare il discorso con amici e conoscenti verso l'argomento che occupa i tuoi pensieri. E di "provare" le argomentazioni. Ed è capitato che arrivati a questa poesia i miei interlocutori accennassero a un sí con la testa. Era come se dicessero: è chiaro quel che stai dicendo, e la poesia ne è una prova pertinente.

Però, adesso che l'ho trascritta, non sono piú convinto che sia proprio cosí.

Vediamo.

Innanzitutto i barbari. Chi sono? Si potrebbe dire cosí: sono quelli che vivono fuori dalle mura delle nostre abitudini. Forse non li abbiamo mai incontrati, eppure quelle mura le abbiamo tirate su per evitare che loro entrassero in casa nostra.

I barbari sono quelli che riteniamo diversi da noi.

Nella poesia di Kavafis però li aspettano tutti: i senatori, l'imperatore, e i Consoli e i Pretori e gli oratori. Li aspettano come in *trance*: oggi arrivano i barbari.

E se arrivano loro, è meglio stare ad aspettare. Quando arriveranno, porteranno le loro leggi.

Ma allora, perché abbiamo eretto le mura che circondano la città? Perché abbiamo legiferato norme e regole *contro* di loro?

Non lo sappiamo piú. Oggi arrivano i barbari, ed è quel che conta.

Succede alle città sfinite dalla paura di aspettare che i barbari le liberino dalle proprie angosce. Come succede alle persone in preda al panico di fare qualsiasi cosa piuttosto che continuare a convivere con l'ansia.

Due aerei si sono schiantati lassú, ai piani alti dei grattacieli gemelli, e io mi butto giú a precipizio. Lancio il mio corpo a sfiorare i piani; scivolo veloce verso il tragico e inevitabile impatto. I pensieri non pensano piú. I sensori della paura suonano all'impazzata nella mia mente. Che tacciano! E subito! Non riesco a sopportarli. Navigo nell'aria e tra un attimo non sarò piú io. Sarò nulla; un corpo sfracellato sul suolo di Manhattan.

C'erano alternative? Il panico non mi ha dato il tempo di prenderle in considerazione.

Però nella poesia di Kavafis i barbari non arrivano. Non arrivano perché di barbari non ce ne sono piú. Chissà, forse non ci sono mai stati.

I barbari erano semplicemente la buia proiezione delle nostre paure.

Ma oggi? Oggi chi fabbrica la paura è un barbaro?

È difficile da dire.

Dalla poesia di Kavafis è necessario suggere il suo piú intimo midollo. E certo non è facile.

Il poeta di Alessandria medita questi versi camminando per le strade della sua adorata città. È un signore asincrono in un luogo asincrono. Scrive in greco come se fosse un pezzo di mondo antico caduto nel bel mezzo del Novecento.

Dalla sua specola le cose assumono altre fattezze. Per lui i barbari sono i barbari. Sono individui che abitano in zone che i geografi nelle mappe indicano con la formula misteriosa di *hic sunt leones*.

Sono invenzioni della mente. Proiezioni del subconscio della Storia.

Denominati cosí, i barbari sono un'astrazione. È per questo che non riescono a fare irruzione nei versi di un poeta che ama le singolarità. Ogni cosa e ogni persona appaiono dinanzi ai suoi occhi con un loro nome ben preciso, una propria storia e almeno una possibilità di relazione (non solo della mente, ma anche del corpo: Kavafis è un diagnostico dei sensi).

Per lui non ha alcun senso erigere mura per distanziarsi dagli altri. Gli altri siamo noi stessi. Che li si ami o ci si faccia a pugni, sono esseri che camminano per le strade della città. E salgono scale e prendono tram e si siedono ad aspettare su panchine di fortuna.

Ma Kavafis è Kavafis e purtroppo non ha fatto scuola.

I barbari? I barbari è bene che ci siano, sostengono in molti. Gli faremo la guerra e proveremo a sterminarli. Che si chiamino in un modo o in altro. E che abitino questo o quel territorio. Vanno sottomessi e incarcerati. Vanno eliminati.

I barbari sono la soluzione.

Ma siamo sicuri che sia proprio cosí?

Chi fabbrica la paura non sta certo in attesa. Spruzza nell'aria il DDT del terrore. Vuole che se ne senta la tossicità.

Respirare a pieni polmoni? È meglio di no. Il suggerimento è di starsene rannicchiati in noi stessi. Bozzoli impauriti e ciechi. Gli altri devono sparire. Io sono qui e tu sei sparito. Qui è un vuoto. Qui si respira a malapena. Qui non è Qui.

Chi fabbrica la paura ci fa servi con poco. E in quel poco non c'è spazio per i nomi. È tutto liscio e scivoloso. Nessuna possibilità di fissare un dettaglio. Hansel e Gretel vanno accecati. E il loro bosco deve diventare un deserto.

La poesia di Kafavis invece è come un chiodo. Lo pianti nel bel mezzo della parete e ci disegni il mondo. E il mondo pullula di nomi. E ci sono i sostantivi. E ci sono gli aggettivi e i verbi e i complementi.

Passa un tram e ti viene il desiderio di prenderlo e di arrivare fin sul ciglio della passeggiata che conduce al mare. Ti vien voglia di giungere fino a Qui, nel luogo delle paure naturali, dove il buio è nero pesto, ma in alto, a saperle leggere, le costellazioni sono come i versi luminosi di un poema che da che mondo è mondo è in attesa di chi vi aggiunga un nuovo verso.

A Qui, in questo qui che dura un mese e dove il libro promesso all'editore prende la sua forma, ogni parola è come la tessera di un mosaico mobile. Sculture fluttuanti come quelle di Calder.

A Qui, dove si nuota e si va a stile libero e si torna a dorso.

Ne parleremo domani.

L'estate forse non è piú al suo zenit. Però è ancora caldo. E si può ancora fare una bella nuotata poco prima che il sole tramonti.

Certo le giornate si sono già accorciate; e bisogna tenerlo d'occhio, il sole, per calcolare i tempi giusti dell'andata e del ritorno.

L'andata è a stile. Gli occhialini proteggono gli occhi e permettono lo sguardo sott'acqua. A quest'ora è come se la luce si andasse a rintanare nel fondo del mare.

Sopra, i colori si fanno sgargianti, in attesa che la tonda divinità di fuoco dia il suo quotidiano spettacolo. Sotto, invece, è tutto essenzializzato. C'è come l'annuncio della calma, che arriverà con il buio e con il silenzio della notte.

Guardo mentre mando il corpo in avanti. È un guardare che scivola, quasi stessi volando nel vuoto. È l'acqua a sorreggermi, ma l'acqua è trasparente e potrebbe non esserci.

Volo insieme ai pensieri.

A che punto sono con il libro, mi chiedo. Ho provato ad affrontare Kafavis; ho provato a suggerne il succo.

Mentre prendo fiato girando la testa di lato, vedo una pattuglia di gabbiani che va verso l'isola. Passeranno lí la notte?

Kafavis immerge il discorso sui barbari nel

refrigerio dell'ironia. Il verso finale strappa un sorriso amaro: sarebbero stati la soluzione, questi barbari, ma si sono estinti; in giro non ce ne sono piú. E allora, come si fa?

Non è difficile immaginare che il giorno dopo, il giorno dopo quello nel quale i barbari erano annunciati, se ne inventeranno degli altri, magari dandogli un altro nome. E di nuovo ci sarà l'attesa di un arrivo. E vien da pensare che i barbari sono come Godot. Da qualche parte ci saranno pure, ma non si fanno vedere, non arrivano, lasciano la scena vuota.

Eccomi alla meta. La maschera azteca è semisommersa dalle onde. Ho un mio rito quando vi giungo: tocco la scogliera in piú punti, come se il contatto con le mani fosse un segno di saluto e di riconoscimento. Poi mi giro verso il punto dal quale provengo, mi levo gli occhialini, faccio una pipí e me ne sto qualche minuto a riposarmi.

Il sole laggiú mi aspetta. Un po' si nasconde tra le nuvole e la foschia, e un po' torna a sfolgorare potente e imperativo. Prima di tramontare mi darà il tempo di tornare indietro.

Le prime bracciate del ritorno di solito le faccio a stile; è come se valutassi la traiettoria prima di girarmi. E poi comincia la traversata all'indietro.

L'io si capovolge: guardo il cielo e la luna che è quasi a metà; sento il respiro che si sintonizza con i movimenti delle braccia. E posso osservare il battere costante dei piedi.

Di tanto in tanto controllo che gli occhialini – mi piace togliermeli quando nuoto a dorso – siano ben tenuti dall'elastico del costume e allo stesso tempo provo a capire a che punto sono arrivato.

A dorso, dopo un po', prendo un buon ritmo ed è come se il corpo andasse da sé. Sono quei momenti che i pensieri possono affiorare con naturalezza e distendersi quasi dinanzi agli occhi della mente.

Sí, andare a dorso implica un atto di fiducia. Devi affidarti a una percezione indiretta dello spazio dietro di te. Certo, potresti applicarti un collarino con montato su uno specchietto retrovisore, ma sarebbe come infrangere il patto di non belligeranza stipulato con il mare.

Io vado all'indietro dentro la tua possente liquidità e tu tieni a bada le insidie; lasci che la mia traversata si svolga facendomi tornare al punto di partenza indenne.

Oltrepassato Kafavis, mi dico, devo tornare a differenziare la paura naturale da quella industriale.

Andare all'indietro significa tenere a bada la paura che si è anch'essa rovesciata. E nell'andare all'indietro mi accompagna quella ragnatela di punti che vengono chiamati le mosche volanti. Sono una caratteristica degli occhi miopi. Una costellazione di puntini mobili che funestano la visione, ma alla quale sono abituato da una lunga frequentazione.

La paura delle paure è quella di perdere la vista, la felicità della luce. Se un giorno il mondo si oscurasse all'improvviso? Non voglio nemmeno pensarci.

Continua a nuotare. Vai nell'acqua.

La piú grande paura di chi scrive è quella di non poterlo fare piú. Oggi il ticchettio delle dita sulla tastiera fa compagnia e i pensieri si dispongono negli spazi dell'alfabeto con armonia e destrezza. Domani tutto tace e la malinconia prevale e i pensieri si sono spenti e assomigliano a una cenere grigia della quale non si sa cosa farsene.

Si scrive come si respira e se non si scrive piú, per chi ne ha la vocazione, significa ammutolire nella tetraggine mortuaria del non-respiro.

Faccio questi pensieri mentre ritorno a dorso. Oggi si può nuotare fluendo rapidi verso la meta; il mare accoglie i tuoi gesti senza protestare; le onde sono tranquille e tutt'al piú ti aiutano nella spinta dei piedi circostanziata dalle braccia.

Il libro, questo libro, sta prendendo forma: è il diario di un mese trascorso in un luogo di paure naturali; si svolge a Qui, dove di notte c'è un gran buio, dove il mare muggisce e dove gli animali appaiono d'improvviso a tagliarti la strada.

Riga dopo riga si sedimentano i pensieri che riguardano le paure naturali e le paure non-naturali, quelle fabbricate, imprigionanti, desertificanti, terrifiche e soprattutto metafisiche e senza un vero nome.

Dopo questo mese l'estate passerà e torneranno ad affollarsi gli impegni, le scadenze, gli impelagamenti dei giorni. E si tornerà a quel clima di allerta perenne che è il tempo dell'oggi. Un tempo DDT, da campanello d'allarme sempre in azione e risonante nelle nostre menti, un tempo nel quale si dice spesso di non aver paura, mentre ci si rannicchia sempre di piú in noi stessi.

E ci saranno nuovi attentati e altri morti innocenti e altre misure di prevenzione a posteriori (funesta contraddizione di termini); e ci saranno manifestazioni e raduni e si griderà per le strade: io non ho paura. Lo grideremo nelle lingue che avremo sottomano, a seconda delle latitudini dei disastri.

E quel gridarlo insieme continuerà a suonare come un vuoto esorcismo. Noi, invece, abbiamo paura; l'abbiamo sempre avuta, e sarebbe piú fertile dirlo, mettendo in comune il piú antico dei sentimenti. Bisognerebbe dire: io ho paura. Sarebbe un primo passo; un primo passo verso la verità. Un guardarsi in controluce, scorgendo tutti i filamenti vibratili che ci fanno quel che siamo.

Io ho paura, noi abbiamo paura: e proprio per questo proviamo a mettere in relazione noi stessi con le cause e con gli effetti.

Bracciata dopo bracciata pensavo che il cinema è stato lo strumento moderno che piú ha fabbricato paura. È stato una grande fabbrica della paura. Già a cominciare dalle sue prime immagini l'effetto è stato quello di un turbamento collettivo.

Il treno dei fratelli Lumière entra in stazione

e giganteggia sullo schermo e gli spettatori nel buio della sala si alzano repentinamente dalle loro poltroncine e se la danno a gambe levate.

Il treno li ha spaventati a morte; però, quando il treno si ferma in stazione, loro sono già tornati a sbirciare attraverso le tendine rosse; alla chetichella rientrano in sala e si godono il resto del film.

Il resto di quel primo film e il resto di tutti gli altri film che immergono lo spettatore nell'atmosfera della paura, non solo quelli specializzati nel cosiddetto horror, ma anche gli altri che con pochi movimenti della camera ti mettono addosso l'inquietudine di un qualcosa che non sai ancora decifrare e ti tiene in allerta, come Hitchcock insegna.

Ma c'è una netta differenza tra la fabbricazione della paura da parte del cinema e quella che si produce al di fuori degli schermi. E si tratta della catarsi.

Al cinema sai che fuori dalla sala ritroverai la consistenza scabra del reale; sai che quelle scene orripilanti sono una finzione; e sai soprattutto che l'urlo interiore, l'aggrapparsi con le unghie alle poltrone è servito a mettere alla prova i tuoi sentimenti.

Quando esci dalla sala la catarsi, come è successo dagli antichi greci in poi, ha funzionato e ha svolto il suo compito di purificazione. La tua vista, fuori dal buio della sala, si acuisce, sia pure per poco. Vedi con occhi piú limpidi, cogliendo con nettezza il confine tra finzione e realtà.

Chi fabbrica oggi la paura, invece, non prevede catarsi. Insensatezza si somma a insensatezza. Ciò che è finto e ciò che è vero non si distinguono l'uno dall'altro. E la beffa è che ci sembra di guardare un film e abbiamo le mani sporche di sangue e accanto a noi i corpi delle vittime si contorcono ed emettono l'ultimo respiro.

La paura s'insedia sul suo trono e non c'è piú spazio per altro. Si fugge all'impazzata con tutti i sensi che suonano l'allarme. O ci si getta da alti grattacieli pur di far smettere un'angoscia che in un nanosecondo è già terrore.

Sono arrivato a riva. La nuotata di oggi è finita. Mi isso sullo scoglio preferito ed eseguo i gesti rituali: asciugarsi, rimettere gli occhialini nella loro custodia, cercare gli occhiali, cambiarsi il costume e tornare a casa.

Ed è proprio mentre sono sulla strada del ritorno che vedo Hansel e Gretel intrufolarsi tra due battiti di ciglia.

Li avevamo lasciati al margine della pineta; si erano sistemati in una casa diroccata: tetto mezzo sfondato, crepe sui muri, finestre cigolanti nella ruggine...

Adesso mi attraversano la strada e vedo che seguono una famigliola di cinghiali, i genitori avanti, i cuccioli indietro. E loro due? E loro due mi sembra che confabulino parole che non riesco ad ascoltare, ma che posso provare a immaginare.

H.: Hai ancora paura?

G.: Un po'. E tu?

H.: Io? Forse sí, ma provo a orientarmi. So che gli stratagemmi che ho usato in passato non funzionano piú. M'industrio a inventarne di nuovi.

G.: Come quello con le pigne?

H.: Anche, perché no? Le pigne i cinghiali sembrano non mangiarle. E qui ce ne sono molte. Possiamo usarle per circoscrivere il territorio. Noi siamo giunti qui non sappiamo bene come. Prima eravamo in un lí e adesso siamo in questo qui.

G.: E questo qui sarà il luogo in cui abiteremo almeno per un mese?

H.: Almeno per un mese, sí.

Gretel aveva un bastone con sé; vi si appoggiava di tanto in tanto, non perché ne avesse davvero bisogno, ma quasi per un vezzo o solo per compagnia di passo.

Sono giunti a una piccola altura e lei si appoggia al suo bastone e guarda. Guarda l'orizzonte marino e il movimento in andirivieni delle onde. E scorge vicino all'isoletta una barca in secca.

È una barca a vela a due alberi. Un'imbarcazione molto piú piccola le si sta avvicinando. Vorranno dare aiuto all'equipaggio.

In quanti a Qui si arenano per ignoranza di rotta! Eppure la grande secca è ben segnata sulle carte nautiche; è davvero difficile non notarla e di conseguenza annotarla tra i passaggi da evitare.

Ma l'isoletta con il suo faro deve possedere un magnete che attira gli sconsiderati e gli analfabeti del mare. Stiamo morendo di analfabetismo, come diceva Stefano. E quello del mare è tra i piú letali.

Gretel se ne sta di vedetta. Osserva le grandi vele che si sgonfiano e i movimenti dei soccorritori. Da naufraga terreste sa cosa significhi doversi orientare; sa che gli stratagemmi inventati da Hansel funzionano una volta e poi non piú. Le pigne, certo, le pigne raddoppieranno i loro passi, e poi?

E poi – sembra risponderle mentalmente Hansel – e poi si vedrà. La nostra a Qui è solo una tappa; dopo entreremo in altre storie e la nostra apparizione dovrà essere interpretata da capo. Siamo solo protagonisti di una favola. La vita – anche la nostra – saranno altri a deciderla.

Li vedo scomparire nella pineta. E immagino che i sentieri gli si curvino dinanzi ai piedi. E che le gabbie dondolino tra un ramo e l'altro.

Mettendosi la costa alle spalle, i tronchi s'innalzano con maggiore potenza; il vento, che a Qui soffia potente, arriva con meno forza e rende possibili gli sfioramenti del cielo.

Nel loro cammino appaiono edifici che non si sa se siano veri o solo immaginati. Sembrano cattedrali in miniatura, dove da tempo non si officia alcun rito. E adesso a ondeggiare non è piú il mare, bensí il cielo. Gli si configura dinanzi quasi a scaglie, come se si trattasse di larghe e veloci pennellate. E tra il frastaglio ombroso dei segni emerge una luce lontana, forse una fata morgana, simile a quei miraggi dello sguardo che sono soliti avvenire nello stretto tra Scilla e Cariddi.

E tra Scilla e Cariddi sta chiunque venga preso dal vortice della paura.

Con i capelli ancora un po' bagnati torno a casa; di tanto in tanto mi stropiccio gli occhi; tutto adesso se ne sta al suo posto consueto. Ma se mi girassi all'improvviso? Se mi girassi all'improvviso, troverei proprio tutto a posto o invece prevarrebbe quel terrore da ubriaco di cui parla il poeta?

I pomeriggi d'estate sono ponti lanciati sul vuoto. La sedia a sdraio nel patio invita all'osservazione dei centimetri quadri di mondo dell'intorno: la mosca che ronza, la lucertola che fugge via sbandando, il cane che passa, il gatto che poltrisce all'ombra di un angolo. E il plumbago con i suoi fiorellini viola; e l'aloe ricca di spine e di un denso liquido che attenua le irritazioni della pelle; e i fichi, i cui rami guerreggiano con l'aria.

E viene il momento che gli occhi si chiudono e un sonno guardingo e leggero porta via una parte della coscienza. Le voci dei passanti si trasformano in sussurrio e il suono del mare da lontano viene a visitare l'udito come un messaggio che prima o poi bisognerà interpretare.

Il tempo è come se smettesse di scorrere. Abbandono, abbandono: i sensi passeggiano su un ponte fatto di fumo e sopra e sotto c'è il vuoto. È ancora estate, stagione camusiana e sospesa, tempo di pensieri che sedimentano almeno un mese per poi lanciarsi a tastare altre stagioni e altre temperature della mente e del corpo.

Le favole a Qui s'incarnano in corpi di donne; con la coda dell'occhio la scorgo nell'aldilà del muretto che recinge il patio.

L'ho già detto che la chiamano "la pazza".

Non certo per offenderla. È come un cognome che segue al nome di battesimo.

Lei non parla quasi mai, e se lo fa trangugia le sillabe mischiandole alla saliva. Se le va, può capitare che te le sputi addosso. Altrimenti continua nei suoi andirivieni un po' in salita un po' in discesa.

La siepe di pietra del patio è un confine che non oltrepassa quasi mai. Un frutto, un pezzo di stoffa sdrucita, una bottiglia vuota: ha sempre qualcosa tra le mani. E va e viene e compare e sparisce. E a volte la vedi che si riposa seduta sotto un albero. E se le passi vicino fa finta di non vederti. Ed è inutile chiamarla. Non ti risponde. Chissà, magari è dentro una cantilena che la separa dagli altri; dondola nella sua campana di vetro.

I pomeriggi, questo pomeriggio, sono carichi di possibilità. E può capitare che arrivi una visita, una visita che non t'aspettavi piú.

Certo, si era detto con Antonio: forse ci vediamo. Lui è nei dintorni con la sua famiglia. Forse ci vediamo, sí. Ma non di sicuro. Forse, per l'appunto. E lui adesso è a Qui.

Antonio è un fotografo, ma dire che fa fotografie significa dire poco. Adesso lui è seduto su una sedia a sdraio accostata alla mia e ci viene il desiderio di slargare il pomeriggio per far spazio alla conversazione.

Siamo amici? Sí, lo siamo. Lo si capisce da come gli argomenti del dire vengano avanti con naturalezza. Non c'è nessun argomento, adesso come adesso, che prevalga su un altro. Eppure si capisce che a entrambi non piace sprecare parole.

«Sto tenendo il diario delle paure» dico ad Antonio.

«Le tue paure?».

«Non necessariamente».

«Vuoi farne un libro?».

«Ci provo. Ci sarebbe un editore che l'aspetta».

«Sai che tutto il mio lavoro si basa sulla paura».

«Di' di piú».

«Io fotografo per tenere a bada la paura. Lo so che è cosí. Vengo dalla campagna, io, lo sai».

«Lo so, certo».

«E la mia campagna è simile a Qui; è un luogo nel quale a ogni cosa corrisponde una paura».

«E a ogni paura corrisponde un passo da fare».

«Sí, un passo da fare, una scelta da compiere».

«Senza indietreggiare».

«Senza indietreggiare».

«Altrimenti la paura suppura».

«Ti ricordi quando eravamo bambini e ci tiravamo le lenzuola fin sopra la testa per il timore che i fantasmi ci potessero toccare i piedi?».

«Eh sí».

«E anche l'angelo custode, la figura che ci avevano detto si sarebbe fatta in quattro per noi, era come un'ombra da dover tenere a bada».

«Una notte, nel viluppo delle lenzuola, la lingua scoprí che un dente dondolava. Era tutto buio. La lingua tornava a sollecitare il dondolio. I minuti passavano oscuri. Non bastava la sola lingua, anche le dita cercavano quel dente ballerino. E dài e dài, la gengiva, rilasciando un po' di sangue, divenne una cavità dentro la quale far passeggiare la lingua».

«Ti eri strappato il dente?».

«Sí. Ed era necessario accendere il lumino che stava vicino al letto».

«Lo facesti?».

«Lo feci perché volevo andare in bagno e passare dalla sensazione tattile della lingua alla constatazione della vista. Volevo guardare sia il dente sia la cavità che aveva lasciato. Ma lo feci con circospezione, perché temevo che nel corridoio avrei incontrato un fantasma».

«E lo incontrasti?».

«Non me lo ricordo. Ricordo che misi il dente dentro un batuffolo di bambagia e provai a ritrovare il sonno».

«E il giorno dopo il tuo dentino lo mettesti sotto una tazzina capovolta?».

«Certo che sí. Anche tu lo facevi?».

«Certo che sí. Il giorno dopo ci si trovava un soldino».

«Chissà se lo si fa ancora oggi con i bambini?».

«Chissà».

Spostiamo le sedie a sdraio per evitare che il sole ci venga sugli occhi. È l'ora in cui la pergola non basta piú a proteggerci; il sole è piú basso e i suoi raggi s'insinuano a sghimbescio tra le nostre parole.

Antonio ama fotografare il pane. Ne fa immagini cosmiche, come di pianeti che vorticano nel buio. Il buio. La sua materia prima è proprio il buio. Ogni sua immagine emerge da un fondo ctonio nero come l'inchiostro.

Eh sí, capisco che la paura sia alla base della sua arte. Buio su buio. Nero su nero. Occhio che scortica le superfici e s'inabissa in un mondo antico, non lontano ma prossimo, al bordo di noi stessi.

Immagino che i suoi pani siano come gli astronauti che lievitano nell'aria emendata dalla gravità. Aria leggera e allo stesso tempo pregna. Aria di luna e aria di antenati.

Antonio dice che il suo maestro è stato un attore. Sí, un attore, non un altro fotografo. Gli ha insegnato il rito dell'attesa. Bisogna saper attendere che l'immagine venga fuori come partorita da se stessa. Ci vogliono pazienza e precisione di sguardo.

«Nella mia campagna si ammazza il porco» dice. «E io ho fotografato i vapori che si sprigionano nelle stanze dove si mette a bollire l'acqua in grandi tinozze».

«Fotografare i vapori deve essere stato un atto di pietà...».

«Un atto di pietà? Forse sí, a posteriori posso supporre che sia stato cosí».

«E non avevi paura di assistere a quella carneficina?».

«Certo che l'avevo. Pensa che solo un po' di sangue mi fa impressione».

«E come hai fatto, allora?».

«Fotografare era un modo di stabilire una relazione con la paura».

«Ecco: è quel che penso. Ma questo vale per le paure con le quali ci si può relazionare».

«A quali altre paure pensi?».

«Penso a quelle paure che si fabbricano e che non hanno nomi veri e propri e che proprio per questo tendono a essere metafisiche, senza oggetto, dimidianti».

«Le paure di oggi...».

«Le paure che non si possono fotografare».

«Non ci avevo pensato».

«Puoi forse fotografare il terrore del diverso o l'impossibilità di varcare una zona della città che si ritiene *off limits* o il baratro che ti si apre dentro quando precipiti in un buio repentino...».

«Il cinema ci ha provato».

«Il cinema è stato una formidabile fabbrica della paura, ma le paure dell'oggi neanche il cinema riesce a filmarle, perché sono paure invisibili».

«Invisibili, sí, ma producono disastri visibilissimi».

«Disastri su disastri, un cumulo di rottami e di residui e di rifiuti; un cumulo ingovernabile; un tumore inestricabile...».

«Vorrei farne una fotografia; vorrei tradurre in immagine questo mondo invisibile che ci squieta e c'incarcera».

«Fallo, sarà il tuo capolavoro».

Il racconto di stanotte s'intitola *Paura*, sí, proprio cosí: *Angst*, in tedesco. C'è una donna; è ben sposata; ha figli; vita agiata e "borghese" (metto borghese tra virgolette perché oggi non si sa piú chi sia davvero un borghese, sappiamo solo che un carabiniere che non porta la divisa è "in borghese"). Un'altra donna – ha il fiato pesante, cammina sbilenca per le strade, veste come può – irrompe nella vita della fedifraga.

L'aspetta sotto casa dell'amante e, ancora prima che lei possa mettere piede sul marciapiede, la minaccia. Le dice che quell'amante lí, quello che se ne sta ignaro al piano di sopra, è stato il suo fidanzato e che adesso – ed è certo tutta sua la colpa – non vuol piú vederla.

Ancor prima che la seconda donna finisca la sua minaccia, la prima le ha già dato quasi tutti i soldi che ha nel borsellino. Vuol farla tacere, non ha il tempo di pensare; l'obiettivo subitaneo è essere altrove il prima possibile. Fuggire dall'incontro malefico, fuggire e basta.

«Solo durante il tragitto comprese quanto l'avesse sconvolta quell'incontro. Si toccò le mani che, rigide e fredde come cose morte, le pendevano lungo i fianchi, e di colpo fu colta da un fremito cosí violento da sobbalzarne. Un gusto amaro le montava dalla gola. Ebbe un conato di vomito e, al tempo stesso, provò una collera sorda e insensata, tale da attanagliarle il petto in uno spasmo».

È "la morsa della paura". Lo scrittore distende il suo racconto come un tappeto e lo intarsia di descrizioni utili, utilissime al nostro libro. Il gusto amaro che terremota la bocca di Irene – suona cosí il nome della protagonista della storia – è lo stesso che ho provato quando ho toccato la terraferma dopo la disavventura marina di qualche giorno fa. Saliva che s'impasta, intruglio difficile da masticare e da mandar giú.

È uno stadio o un passaggio. Lo scrittore ne aggiunge un altro. Negli incontri successivi con la seconda donna – dove la posta del ricatto sale sempre piú – «Irene ebbe un moto di sgomento e nel contempo avvertí la voluttà che sempre si annida nella paura».

La voluttà che sempre si annida nella paura: è cosí? C'è davvero una voluttà della paura? Per Irene – per il suo essere "borghese" – si rivela vero. La paura all'inizio la catapulta in un'avventura che le eccita i sensi e poi la incarcera in se stessa: «bisognava pur spezzare una volta o l'altra quelle invisibili sbarre di terrore, entro le quali era adesso rinchiusa la sua vita... Aveva bisogno di veder gente, qualche ora di requie da se stessa, da quella solitudine suicida che la paura reca con sé».

Irene è «braccata dalla paura come da un demone». Pur non essendo malata nel corpo, le sembra di essere «un'inferma. Talvolta doveva mettersi a sedere di colpo, perché colta da violente palpitazioni, il peso dell'ansia le inondava le membra con il liquido denso di una stanchezza quasi dolorosa». Altre volte, «l'angoscia, che in lei si tramutava in nervosismo come nel caso di ogni sentimento intenso, la costringeva a passare senza requie da una stanza all'altra».

La paura figlia altre parole: terrore, ansia, angoscia, nervosismo... Lo scrittore le usa come suonando su una sola tastiera, modulando un suono che è simile ma di continuo viene variato. Non arriva al virtuosismo delle bachiane *Variazioni Goldberg*, ma la strada è quella.

Si potrebbe aprire un discorso sull'arte della variazione, che potrebbe portarci a riflettere sul metodo compositivo del libro che sto scrivendo. Tessere mobili di un mosaico mai finito, sempre *in itinere*. E la musica, la musica se ne infischia del significato, non è come la letteratura, arte cosí disperatamente semantica.

Le dita di Glenn Gould corrono sulla tastiera, il corpo incurvato, la seggiola bassa di quand'era bambino, il mento che quasi sfiora i tasti. Nei momenti di maggiore abbandono si lascia sfuggire un canto a labbra chiuse. È un mugugno dal quale si libera l'energia delle dita e quella dell'immaginazione.

L'interprete lancia i suoni in aria; fa come il giocoliere con i birilli; e come lui sta attento che ogni suono non cada per terra, ma venga rilanciato verso la cupola che fa da tetto al teatro.

Paura, terrore, ansia, angoscia, nervosismo: i filosofi, a differenza dei narratori e dei poeti, ci si sono arrovellati. Per loro è necessario inchiodare ogni parola al suo senso precipuo, anche se sanno di dover ogni volta ridefinire l'alfabeto concettuale da capo. Lo fanno in base a trafile e tradizioni, ridiscendono verso i padri fondatori e risalgono a prender aria nell'oggi.

Cosicché per Heidegger la paura si distingue dall'angoscia anche e perché la seconda è metafisica, non ha un oggetto preciso. E la sua ex allieva, Hannah Arendt, gli contrappone il coraggio. Lo chiama a mettere i piedi nel mondo, non solo a volarci sopra.

E Hobbes e Kierkegaard e, prima del prima, Aristotele?

Nella mente di Irene non c'è nessuno di loro. Nella mente dello scrittore c'è semplicemente una storia da raccontare che finirà come finirà, con un colpo di scena che spiazza e ribalta il punto di vista. E dentro quella storia c'è la capacità di depositare il nettare amaro dell'esperienza; quel nettare che presto lo porterà lontano da Vienna, spingendolo fin sulle coste del Brasile e lí, prima che la seconda guerra oscuri i suoi specchi ustori, a levar la mano su di sé, entrando per sempre nel silenzio.

Ho finito di leggere *Paura,* spengo la luce, mi addormento.

E invece sale un suono perturbante, gli occhi si riaprono, là fuori ci dev'essere qualcuno che traffica con le sedie. Lo sento che le sposta. E non è il vento. Non c'è il vento.

Aguzzo l'udito come si fa con la vista. Non

vorrei alzarmi dal letto. Ma i rumori continuano. Saranno i cinghiali? O invece è semplicemente "la pazza" che occupa cosí la sua insonnia?

A volte varca il confine del muretto di recinzione del patio. Scosta il cancelletto e va verso il rubinetto che si trova vicino alla doccia. Riempie qualche suo contenitore o si sciacqua le dita. E poi va via.

Piccole incursioni, niente di piú.

Stanotte invece, se è lei, staziona piú a lungo. Forse si è seduta attorno al tavolo e guarda i gechi appiccicati al tetto. Quasi sempre sono lí, a corpo in giú, pronti a far scattare la lingua e a ingurgitare insetti. Sono ghiotti di farfalle.

Forse "la pazza" si crede anche lei una farfalla. Pensa di volare dentro la gola, precipitando nell'apparato digerente del geco. Fragile Euridice, dice il poeta malpensante, che Orfeo ha abbandonata a se stessa nell'Ade.

Mentre penso alla "pazza" come a una Euridice mi torna il sonno, gli occhi mi si chiudono e mi disinteresso ai rumori notturni provenienti dal patio. Dormo, accucciato sotto al lenzuolo, un cuscino tra le gambe.

Uscire di casa senza paura, con passo lieve e pensieri larghi. Che grande libertà! Forse la piú grande, quella di bighellonare senza che nessuno ti tagli il passo.

In quanti luoghi del mondo è una cosa impossibile! Qualsiasi sia la causa, dover mettere il naso fuori con titubanza, guardandosi intorno o tornare facendo lunghi giri prima d'infilarsi nel portone, costituisce una pena che si sconta goccia a goccia.

Se tutt'intorno a te c'è violenza; se non basta il coraggio individuale; se gli aculei che ti s'infilano sotto le unghie provocano un dolore insostenibile, la paura dilaga. Si mescola all'aria come una melma nerastra e ti fa incespicare. Ti s'incurvano le spalle e sugli occhi scende un velo a rendere grigia ogni cosa.

In quanti luoghi del mondo, adesso, mentre questo libro prende forma, è la norma non poter muoversi in piena libertà. Confini disegnati con il filo spinato, muri, pattuglie, sensori che imprigionano impronte digitali, cecchini nascosti sui tetti dei palazzi, ponti mandati in frantumi; e bombe e proiettili e scherno sputi pugni in faccia testate improvvise, manganellate sulle braccia e sulle gambe, coltelli che squarciano visi.

Quanti Vietnam reiterati e quante Coree e

quante Guantánamo e quanti altri luoghi che portano nomi sinistri e scricchiolanti. Paura paura paura.

Non piú paura della bomba atomica, come durante la Guerra Fredda. Piuttosto paura di un attentato, lí al supermercato o sullo slargo nel quale si apre la scuola dei figli. Paura di mangiare un frutto avvelenato. Paura di guardare negli occhi quell'energumeno che si è seduto di fronte a noi in metropolitana.

Paura che prima di tornare in superficie quel tizio con la maglietta bianca sotto il giubbotto di pelle ti avvicini, ti spinga contro le piastrelle e ti stupri. Paura di non essere creduti. Paura dei sopravvissuti. Paura che al concerto scoppi la baraonda e non si riesca a metter piú fuori il naso dal teatro.

Paure innumerevoli come le onde del mare. Paure fabbricate a getto continuo. Dittature serpeggianti, spesso senza nomi. E incapacità di far fronte.

Quando il coraggio individuale non basta, vuol dire che non basta piú nulla. Vuol dire che gli occhi si sono abbassati e strisciano per terra. E si feriscono e sanguinano e lasciano sui marciapiedi ogni speranza.

Quando mi sveglio e apro la finestra, la giornata sfolgora di una luce trasparente e piana. I fichi, certo, sono sempre lí a guerreggiare, cosí lascia pensare la foggia dei loro rami. Forse sono un antico esercito cinese che si è perso nella boscaglia e non sa piú in quale tempo vivere. E dunque se ne sta in attesa silenziosa. Come se abitasse il deserto dei tartari.

Il grande cespuglio dell'aloe si accosta ai fiorellini lilla del plumbago e il suono del mare è lontano, segno che oggi si potrà nuotare con agio. Le tempeste sono passate? Forse per qualche giorno quel che rimane dell'estate risplenderà come un lusso inesplicabile che il mondo misteriosamente ci regala.

Lorenzo da giovane ha vissuto in Africa. Piú che nuotare, a lui piace immergersi nell'acqua e al mare preferisce le acque termali. A Qui viene di tanto in tanto. Appare e scompare. È sempre in automobile alla ricerca d'immagini. Va su e giú per la penisola, instancabile, a dispetto dell'età (ha superato gli ottanta).

Gli piace raccontare le sue avventure. È stato amico di scrittori celebri e allo stesso tempo di persone umili. Quel che a lui sta piú a cuore si chiama amicizia senza aggettivi.

È un omone; quando cammina si dondola un po'. L'Africa, per quanto cosí importante nella sua vita, la lascia sullo sfondo. È il paesaggio primario della sua vita. Non c'è quasi bisogno di dirlo.

Però oggi, mentre stiamo sul bagnasciuga, comincia a raccontare questa storia.

Sono stato un cacciatore, sai. Sapevo usare le armi e nelle mie battute mi accompagnava una guida di grande valore. Nel villaggio la consideravano una delle piú esperte.

Ma essere esperti non sempre è sufficiente. Quel giorno sentii il suo urlo squarciare l'aria. Un leopardo lo aveva aggredito. Lo vidi che affondava in un lago di sangue. E vidi che il leopardo si dirigeva verso di me. Un attimo e mi fu addosso. Un attimo, premetti il grilletto e persi i sensi.

Quanto tempo passò? Riaprii gli occhi; ero vivo; il leopardo mi giaceva accanto.

Mi misi il corpo del mio compagno sulle spalle e lo riportai al villaggio.

Tutte le mie armi erano state trasformate in un attimo in ferri vecchi. Le lasciai al lavorio della ruggine.

Fu fatto il funerale. E fu scuoiato l'animale che aveva ucciso il mio amico. E quella pelle mi ha seguito per anni, di casa in casa.

A Venezia l'avevo appesa a una parete. Un giorno subii uno strano furto. I ladri avevano sparpagliato tutte le mie cravatte per terra. Ma non mancava nulla. Tranne la pelle della belva. La parete era vuota.

Mi sono sempre chiesto cosa significasse quella scena: le mie cravatte sparse per terra; la pelle sparita.

A Qui i racconti girano, mulinando nel vento e facendo a gara con le onde. Le cravatte, la pelle sparita, l'Africa, Venezia, la paura che ti fa svenire. Il racconto di Lorenzo chiama altri racconti. Nel nuovo racconto che attraversa la notte c'è Venezia, e in particolare il Lido. Grandi navi attraversano la Laguna. Una signora anziana torna a casa. È umido tutt'intorno.

«La figura di questa donna era insieme infantile e animale: rotonda, con una pellicciotta interna che l'arrotondava ancora di piú, aveva un colbacco rotondo e tutta la sua persona, sostenuta da gambe come colonnine fragili, si muoveva nella nebbia con l'incertezza di un bambino di due o tre anni che impara a camminare».

La nebbia la fa da padrona. La donna avanza e ogni «tanto qualche ricordo passava rapidissimo nella sua mente, limpido, chiaro, dove poteva distinguere nei particolari se stessa giovane, il figlio, il marito e i suoi baffetti (li ricordava neri), un'altra città, l'estate sulla spiaggia, quella stessa spiaggia fredda e umida nella notte che era lí a pochi passi: le gelaterie, le luci, e poi, di colpo, la neve e il ghiaccio delle strade di Cortina dove per lei era necessario camminare a mini passi per non cadere».

La donna s'inoltra nella notte, fende la nebbia, ascolta il gocciolare umido del mondo circostante, quando, in prossimità di un ponte, sente dei passi e delle voci. Passi e voci di ragazzi che le si avvicinano e si capisce che non hanno certo buone intenzioni: «La signora aveva paura e, in quel modo confuso, veloce e incredibile che l'immaginazione di una persona anziana e assolutamente normale può avere in un momento come quello, pensò alla morte. Era tutta lí: lo sciacquio, la nebbia, la sera, l'affogamento dentro la pelliccia nell'acqua nera del canale, il cimitero».

Uno dei ragazzi le sbarra il passo. Le dice: «O mi dai la borsetta o *te copo*». Lo dice un po' in italiano e un po' in veneto. «Le gambe della donna tremavano, ma perché, si disse, tanta paura della morte? E quel *te copo* aveva tutta l'ignoranza della verità».

«*Copeme*» sente se stessa che risponde tenendo ben stretta la borsetta. *Copeme, copeme, copeme*: quella parola detta d'istinto la ripete dinanzi a quel ragazzo che non sa piú cosa fare, è spiazzato dalla sua reazione, gira i tacchi e se ne va.

«Piano piano la paura passò, le gambe (fece due o tre tentativi) la sostennero e altrettanto piano riprese la strada di casa. Un po' di paura l'aveva ancora perché stava percorrendo la stessa via dove erano fuggiti i ragazzi. Forse l'aspettavano da qualche parte piú avanti. Ma ormai anche lei sentiva che la sua ora non era giunta. Che poteva tornare a casa abbastanza tranquilla, camminando però piano».

Il racconto è terminato. Ho fatto bene a metterlo in valigia. Sta bene in questo libro. La signora ha dato linguaggio alla paura e questo l'ha aiutata a tenerla a bada. E chi voleva aggredirla si è trovato all'improvviso in una zona di nessuno. Quel *te copo* è ridisceso nella gola. È stato neutralizzato dall'istinto reattivo della signora.

Può capitare che il gesto di un aggressore ti susciti ilarità. Stai entrando in un'ascensore e s'infila con te un estraneo. Chiuse le porte ti minaccia e a te, guardando il suo viso e i suoi gesti, viene da ridere, e ridi, non riesci a fermarti. E lui viene neutralizzato dalla tua risata. Arrivati al piano, apre la porta e se ne va, scendendo rapido per le scale.

Tu non hai avuto il tempo di provare paura;

l'ilarità ti ha protetto; però adesso entri rapido in casa e ti chiudi la porta dietro con circospezione. Guardi attraverso lo spioncino se l'estraneo sia tornato indietro.

Per scrivere cosí, bisogna entrare in armonia con il proprio imperfetto. Imperfetto come tempo verbale e imperfetto come accettazione di sé e dei propri limiti. Accettazione del proprio essere erroneo e fallace.

Forse per relazionarsi con la paura bisognerebbe entrare in armonia con il proprio imperfetto. Forse è cosí che la paura indietreggia e temporaneamente se ne va.

Mio padre era nato a Lido di Venezia. A Qui, quando venivamo a parlare sedendoci su due tronchi piegati dal vento, doveva a volte avere la sensazione di essere tornato alle origini. Nel pomeriggio l'isoletta con il faro sembra San Giorgio, anche se da quest'altra parte non c'è nessuna piazza San Marco. A Qui di piazze non ce ne sono. Solo alberi e qualche spiazzo. E mare.

Però non è solo un'allucinazione visiva se in certe ore si ha proprio la sensazione di essere in Laguna. I luoghi a volte si chiamano tra sé. Siamo noi e le nostre memorie a metterli in relazioni improvvise e inedite, oltre che inaspettate.

A Qui, dove mio padre e mia madre fecero un loro nido d'amore e dove adesso trascorro questo mese d'estate, le paure prendono forme nominabili.

Te copo? Copeme.

Mentre nuoto mi capita d'intravvedere la collina sopra la quale sorge una cittadina. Vedo che le abitazioni si aggrappano ai suoi fianchi e che sulla sommità sorge un castello. Sí, proprio come nelle fiabe.

Ha una facciata fatta di archi. Grigia la parete, nere le aperture. E torri e altane e mi sembra che ci sia un grande uccello appollaiato in alto. Da lí dominerà il mare e il sorriso innumerevole delle onde calme di oggi.

Il suo è lo sguardo scettico di chi non ha ancora deciso in quale direzione lancerà il suo volo. Le ali sono ombre altrettanto nere degli archi. È come se volesse portare con sé l'intero castello. E trasformarlo in un'astronave di pietra che naviga nel cielo alla ricerca di un nuovo approdo.

Lo sguardo dell'uccello è meditabondo e tra una bracciata e l'altra provo a farmi un'idea dei suoi pensieri. Ma non sono sicuro che pensi qualcosa di preciso. E quando, preso dalla foga del nuoto, mi dimentico di guardarlo, sparisce.

E quando finalmente giungo alla meta, quando raggiungo il mostro-maschera che dà forma alla costa, mi sembra che sia lui l'uccello. Deve essere venuto fin qui con pochi battiti d'ala. E adesso si è fatto scoglio con fattezze d'occhio grande e bocca corrucciata e maschera azteca.

Potrebbe far paura, ma sta lí da molto tempo e i movimenti incessanti del mare lo hanno levigato e l'aria lo ha carezzato, e quando l'aria è diventata vento lo ha schiaffeggiato a lungo. E lui è rimasto lí dov'è, come se il suo compito fosse quello di aspettare l'approdo dei nuotatori rituali, che attraversano le onde un po' in diagonale, guardando il fondo con le posidonie che danzano, e i pesci solitari o in banchi a cercare chissà cosa, finché non si giunge sotto il costone.

E ci si riposa un po', riprendendo fiato, facendo una pipí che riscalda le cosce; e osservando il punto di partenza che sarà presto quello del ritorno.

Uccello-mostro, maschera-scoglio, porticciolo provvisorio, piccola ansa che accoglie le onde e i miei pensieri prima che l'io si ribalti e affronti il ritorno nuotando a dorso.

Rieccomi a pescare lettere dall'alfabeto per dar forma alle frasi di questo libro. La paura di non riuscire ad arrivare in fondo a volte mi prende, ammutolendomi. E succede che si accumulino ore e giorni di silenzio. Poi per fortuna passa. E l'energia e il desiderio del dire mi riprendono. Per scrivere di paura non devi avere paura, almeno quando lo fai.

Quando ti prende, la paura fa battere il cuore all'incontrario; è un controtempo del vivere e sa di amaro, penso mentre batto i piedi per spingere il corpo verso la meta.

E si fa strada il ricordo di una paura che poteva diventare terrore; avveniva quando il professore entrava in aula e doveva decidere chi sarebbe stato interrogato quel giorno. Il suo sguardo era come quello di un radar che passa in rassegna ogni volto per decidere su chi fermarsi.

Mi curvavo in me stesso, sperando in un'improvvisa invisibilità, il collo rientrava nelle spalle il piú possibile, e il cuore batteva all'impazzata. Non dipendeva dal fatto se avessi studiato o meno, se in quella data materia fossi in grado di cavarmela. La paura s'impadroniva di me, come se tutte le timidezze infantili risorgessero prepotentemente, come un'eruzione improvvisa. La lava-paura bruciava ogni cosa e l'unico sollievo era vedere un altro alzarsi e andare alla cattedra. Il pericolo era passato. I sensi potevano riaccendersi e il corpo riassumere la sua naturale flessuosità.

La scuola come luogo della massima estraneità, dove la vita per quattro o cinque ore sospende i suoi ritmi naturali e ti viene imposta una disciplina incomprensibile. La scuola come luogo che si deve raggiungere di primo mattino, quando abbandonare il sonno e il tepore delle coperte significa compiere uno sforzo che sembra sovraumano.

Per nuotare senza troppi sforzi bisogna avere senso del ritmo. E non si tratta di un solo ritmo: c'è quello delle braccia e delle mani, quello della testa che si gira di lato per prendere fiato (se stai nuotando a stile libero) e quello dei piedi e dunque delle gambe.

Sono almeno tre ritmi (a voler semplificare) che devono entrare in armonia tra di loro. A volte può capitare che i piedi recalcitrino al movimento. Senti l'impulso che parte dalla mente affievolirsi scendendo verso il giú del corpo. È come una pigrizia, una negligenza temporanea.

Quando succede, si scivola con lentezza e l'asse del corpo si abbassa. Le braccia devono lavorare anche per i piedi, che sembrano penzolare in obliquo poco sotto la superficie dell'acqua.

In questi casi forse sarebbe meglio fermarsi a fare il "morto" per un po'. A pancia all'aria, gli occhi fissi al cielo e il respiro lento ad assecondare le onde senza fare nessun movimento. Star lí in attesa che la riottosità dei piedi passi.

E riprendere, quando si sente arrivare il momento giusto, e filare via scivolando con la giusta velocità e senza penzolii inutili e fuorvianti.

Ecco, la paura dei piedi è passata; ed è passata anche quella dello scrivere. Si può riaffrontare l'alfabeto, dargli forma, provando a farlo danzare tra le righe.

La storia di Bella riaffiora. Siamo seduti attorno a un massiccio tavolo di massello. Oggi si accoglie l'amico-viandante e si pranza insieme. La padrona di casa va e viene con le pietanze. Poi mi si siede accanto e ricomincia il racconto che riguarda Bella.

Viveva in pineta, dice. Abitava l'unica casa che sorge quasi sulla costa. La conosci, oggi è in rovina; ed è affiancata dal fienile.

Avrà avuto una ventina d'anni. I pensieri le giravano per la testa. Intelligenza di donna un po' chiusa in se stessa, ma con sguardi precisi e attenti al mondo circostante.

Governava la casa e si prendeva cura degli animali e dell'orto. La legna per il camino certo non mancava. E il mare, lí, cosí vicino, a fare sinfonia di suoni. Che fosse mosso o calmo mandava fin dentro le stanze i suoi bagliori mutevoli, gli andirivieni, gli spruzzi e soprattutto impregnava l'aria con la salsedine.

I giorni passavano come vagoni tirati da una locomotiva lenta. Lunedí, martedí, mercoledí...

Quando arrivava la domenica, Bella raggiungeva la chiesetta che dà le spalle all'isoletta e al faro e lí seguiva la cerimonia e incontrava le sparse persone del luogo.

Era credente? Chissà. Poche parole uscivano

dalla sua bocca. Parole di saluto e di congedo. Lo stretto necessario per non apparire scorbutica.

Presto tornava a casa tagliando per sentieri che solo lei conosceva. Lo sai, dalla chiesa a casa sua il percorso non è brevissimo. Ma a lei piaceva camminare. Pensava a quel che avrebbe fatto di lí a poco. E tra sé e sé era come se cantasse una cantilena che dava il ritmo al passo.

Quando la stagione lo consentiva, a volte si fermava alla spiaggetta di sassi che s'incurva quasi sotto casa sua e prendeva il bagno. Sapeva di essere sola e dunque poteva liberarsi dei vestiti ed entrare in acqua completamente nuda.

Con il suo corpo flessuoso nuotava fino a raggiungere una secca, che si rendeva riconoscibile allo sguardo perché il fondo lí si faceva scuro, fitto fitto di posidonie oscillanti.

Si fermava a prendere fiato e godeva del silenzio della tarda mattinata. Tornata a riva, si rivestiva e poco dopo era a casa. E i lavori quotidiani l'aspettavano. E se era giorno di panificazione, il forno era già pronto e le forme lievitate se ne stavano in sequenza dentro la madia.

A Qui quando si fa il pane si mettono a cuocere anche piccoli pezzi di pasta e altre pietanze del giorno, anche un pesce da poco pescato.

A Qui il pane spesso lo si mangia duro; lo s'intinge nell'acqua di mare per ammollarlo e lo si condisce con il pomodoro e l'olio, senza dimenticarsi dell'aglio.

Si tratta di un piatto semplice e gustoso che si

chiama acquasale. Era uno dei preferiti di Bella. E anche noi oggi lo mangeremo.

Ma Bella viveva da sola?

Da quel che ho potuto sapere, viveva spesso da sola. Della sua famiglia di origine si sa poco. E di suo marito ancora di meno.

Dunque, aveva un marito?

Sí, ne aveva uno. Si erano sposati molto giovani, e lui era presto partito per il fronte. La guerra del '15-'18. Lui là e lei qua. Qualche cartolina le giungeva di tanto in tanto. Qualcuno lo aiutava a scriverla; lui era quasi analfabeta. Bella le conservava nella dispensa, insieme al pane.

E cosa successe?

Successe che lei un giorno annegò.

Annegò?

Il mare quel giorno non sembrava molto mosso e lei, come faceva di solito, nuotò fino alla secca delle posidonie.

E poi?

E poi deve aver avuto un mancamento e il mare le spezzò il respiro.

Arrivano altre persone e la padrona di casa deve interrompere il racconto. Viene servita l'acquasale ed è buonissima, profumata di basilico. Un Fiano ben gelato fa da contrappunto. Il tempo passa. Il mare è laggiú, mobile e sempre presente. L'isola è come un fermaglio che tiene a bada le onde. Il faro aspetta che scenda il buio per proiettare nell'aria la sua luce circolare.

Le voci s'intrecciano ai suoni dei piatti e delle posate e dei bicchieri. Ed ecco giungere il tempo dei fichi, serviti già sbucciati, verdolini e pronti a squagliarsi in bocca e a lasciare sulle dita un umidore gommoso.

Si va via, ci si saluta, non c'è piú tempo per continuare il racconto. Al telefono, dice la padrona di casa. Lo continuerò al telefono, se vorrai. E si capisce che qualcosa la trattiene, che dopo l'annegamento qualcos'altro di difficile da dire dev'essere accaduto.

Nuotare all'incontrario, mentre il cuore batte, e le mani le vedo che cercano l'acqua e vi affondano e spingono oblique rispetto al corpo e tornano gocciolanti nell'aria e nella luce e cosí seguitando, nell'andare del giorno e nello scorrere dei pensieri.

Cosa sarà successo a Bella? La padrona di casa ieri si è ritratta. Sono appena stato sotto casa sua, dove affiora dal mare la faccia-mostro, la maschera azteca che ogni mattina mi guarda sorniona e mi aspetta al pomeriggio quando il sole è alle ultime battute e si prepara a sguinzagliare i suoi raggi nel fulgore finale della giornata.

Non proferisce mai parola, la maschera-roccia-scoglio e per me porto; la sua regola è il silenzio. Non dice e non dirà mai nulla, né oggi né mai. O forse il suo silenzio dipende da una mia sordità puntiforme, dall'acqua marina che si è accumulata nel cavo dell'ascolto?

Sta di fatto che ieri la storia di Bella, in quella casa che adesso intravvedo mentre mi allontano nuotando a dorso, si è interrotta dopo la sua morte. Avranno ritrovato il corpo? E quanto tempo dopo? E in quali condizioni?

Quella giovane donna che amava nuotare nuda sarà stata uccisa dalla paura? Al telefono, ha detto la padrona di casa, ti racconterò altro; e lo ha detto scrutando i miei occhi che domandavano in silenzio.

Vado con l'io rovesciato; devo attivare i sensori che mi rendono possibile la percezione indiretta dello spazio retrostante. Ho appena lasciato un luogo solitario e sto per rientrare tra le voci delle persone che sono solite abitare la battigia sorta dinanzi al porticciolo e che lo raddoppia e lo chiude.

Da quando questa battigia è stata prolungata il viavai delle alghe è stato strozzato. E succede cosí che si formino cumuli sulla discesina dove alcune persone prendono il sole tra le imbarcazioni tirate in secco.

Ogniqualvolta un flusso viene interrotto si determina un infarto del mondo. Si accumula materia che presto diventa puzzolente e a volte perfino nauseabonda. Anche la paura è un'interruzione del flusso; è contrazione, vuoto, spasmo degli arti, cuore e polmoni in affanno, vista che si appanna.

A Qui le paure sono quasi tutte a vista; hanno nomi; ciò non toglie che a volte ti tolgano il fiato e ti sospendano sulla soglia degli addii. A Qui le paure fabbricate sembra che si vedano meglio, forse per contrasto. Se dico buio, se dico mare in tempesta, se dico cinghiali, se dico ferita, se dico anche pazzia incarnata in una persona che transita sempre indaffarata e scarmigliata, dico paure individuabili, dico possibilità di relazione, dico in fondo quel che siamo diventati attraversando ognuna di queste soglie, stabilendo un contatto, dandosi il tempo di sedimentare e di ritornare con altri occhi e altri respiri.

Se dico HIV, AIDS, Ebola, Mucca pazza, ISIS, Guantánamo, Migranti dico qualcosa che non ha un vero nome. Di solito è una sigla, un acronimo o una metafora; non riesco a capire che sapore abbia una volta che giunge sulla punta della lingua. Dico senza dire.

Le paure fabbricate, le paure industriali, le paure che d'estate si profilano da lontano e sgusciano da una pagina di giornale o vengono strillate alla radio e inquadrate alla televisione quasi sempre non hanno un oggetto preciso. Sono come l'angoscia di cui parlava Heidegger.

Sono un qualcosa che sentiamo vibrare nell'aria e che ci terrorizza; un qualcosa che non permette la relazione uno a uno. Sono come vespe che ti ronzano attorno, ma non sai dire di cosa si tratta con esattezza.

Questi tipi di paure dilagano come ombre incontrollabili; ci assalgono anche quando sono lontane; ci tengono ferme le gambe e le immobilizzano negando le avventure dello spazio.

In questo luogo è meglio non andare, ti dicono di certi quartieri. Quest'aereo sei proprio sicuro di volerlo prendere? E a quella persona te la senti di stringere la mano? Non è meglio se te ne rimani in casa, chiuso nella tua stanza; non è meglio se t'imbottisci di immagini e parole sulle quali non puoi avere nessun potere di verifica?

E se fai l'amore stai attento; e se tocchi il poggiamano di un autobus disinfettati al piú presto; e se hai bisogno di un bagno pubblico tienilo bene a distanza, aspetta di arrivare a casa per fare la pipí.

Non fare questo, non fare quest'altro, restringiti nel centimetro quadro del tuo fiato, mai un abbandono, mai uno slancio, sii ripiegato in te stesso, rannicchiato dentro la grande coperta della paura.

Abbi paura, sempre, anche se non sai perché devi averla. Bevi e mangia paura; nutriti di panico; scappa a gambe levate ovunque senti il segnale d'allarme. E segnali di allarme strepitano nei supermercati, al cinema, nei teatri, per le scale condominiali, nei garage e nei sottopassi. E nelle piazze, figuriamoci cosa può succedere nelle piazze del mondo. Abolitele, per favore, queste benedette piazze! Troppo spazio; sono il luogo adatto per gli attentati.

Sono quasi arrivato all'approdo mattutino. La prima nuotata del giorno è quasi fatta. E sempre bagliori di Bella mi vengono incontro e si perdono sul fondo marino. Bella, giovane donna intrepida, morta tra le onde, avrai ingurgitato mare all'infinito e i polmoni ti si saranno gonfiati fino a esplodere.

Penso a quanto le fiabe siano spesso piene di albe e di tramonti e siano allo stesso tempo sanguinolente e crudeli. Cuori che si gonfiano fino a diventare giganteschi e belle donne che, passeggiando sul fondo del mare, se li trascinano dietro; li trasportano senza sporcarsi, solo lasciando pochi filamenti vermigli sulla scia del loro cammino.

A Qui le paure fabbricate si vedono meglio. Appaiono come un qualcosa che serve a tenere a bada il flusso delle relazioni e, quando è possibile, ad abolirle del tutto. Le materie prime che servono ad alimentare la fabbrica della paura possono essere trovate ovunque e in ogni momento. Basta solo fare suonare i campanelli d'allarme. E lasciare che si propaghino amigdala per amigdala.

Ma non starai sottovalutando le condizioni del vivere cosí come si sono configurate nell'oggi? La paura nella quale vive buona parte dell'umanità è reale, non fabbricata; ha origini storiche, soprattutto legate al colonialismo; e, vista la dilagante impotenza della politica, appare ingovernabile. E inoltre bisognerebbe tenere da conto il ruolo delle religioni: «La questione nodale del ventunesimo secolo è chiaramente quella della religione, le cui ciniche manipolazioni contribuiscono in misura non trascurabile al nostro attuale clima di paura».

Bisognerebbe dirsi la verità. Ma anche questo non basterebbe, perché nel frattempo la verità sarebbe mutata a sua volta e saremmo mutati noi.

Forse quel che serve è una presa d'atto delle nostre ignoranze; una messa in comune di quel che non sappiamo e un tentativo di costruire conoscenze condivise. I tempi del mondo sono cosí tanti, anche in epoca di cosiddetta globalizzazione, e sarebbe importante fare studi di polifonia.

Oggi bisognerebbe diffondere Bach; fare ascoltare le sue fughe, quel modo d'intrecciare le voci mettendole in rapporto, senza che l'una debba prevalere sull'altra. Lo ha capito chi ha dato vita all'orchestra del Divano occidentale-orientale. Ha capito che il far suonare insieme giovani palestinesi e giovani israeliani sarebbe stato un modo per costruire un modello reale di dialogo.

Ogni gesto che noi compiamo, soprattutto se si tratta di un gesto pubblico, va comparato a una nota. Ogni gesto dovrebbe provare a situarsi sulla partitura del mondo, nota accanto a nota. E non bisogna temere gli errori. È impossibile non compierli. E dagli errori si sprigiona l'energia del conoscere.

Bisogna però darsi il tempo e la lucidità di riconoscerli; e provare a correggerli. Il tempo è tutto. Siamo esseri temporali che vivono in un determinato spazio. Esseri fragili, che diventano se stessi se riconoscono le proprie fragilità.

Alla polifonia di Bach va accostato l'elogio della ginestra che fa Leopardi nei suoi ultimi versi. Me lo figuro mentre li detta a Ranieri. Per quanto ancora giovane, il tempo lo ha consumato in fretta. Osserva il Vesuvio, lo «sterminator Vesevo»; scruta le serpentine di lava che scendono lungo uno dei suoi fianchi. A parte il crepitare del fuoco che divora gli alberi, tutt'intorno è silenzio. Un silenzio maestoso. Ed ecco che il poeta torna indietro nel tempo, rifà la storia, ripensa a Pompei Stabia ed Ercolano; ai contadini che si sono allenati a dormire con un occhio solo; e s'incontra con la ginestra, pianta che fa gialli fiori odorosi e che non è certo una quercia. Allo sguardo non appare possente; è anzi fragile; la vedi che si curva sotto le sferzate del vento; è come se pregasse in attesa che il peggio passi. Ma il suo piegarsi non è sottomissione; è invece qualcosa di simile allo stare nel ventre della balena; è un attendere operoso, un abbandono attivo. Tanto è vero che da quel piegarsi non ne deriva una resa. La ginestra si piega, ma non si spezza.

Al poeta questo suo inclinarsi piace molto; nei versi, cosí come gli arrivano sulle labbra, pullula l'immagine di questa pianta come un monito e come un invito. Fate come lei, suggerisce il poeta. Non abbiate paura delle vostre fragilità; inclinatevi e resistete alle tempeste che vengono convocate nel vostro corpo e nei centimetri quadri che abitate.

Anche a Qui gli alberi, pure se non sono ginestre, hanno imparato a relazionarsi con il vento. Li vedi come a volte si sono abituati a crescere quasi paralleli alla terra. Robusti tronchi che s'innalzano dal suolo solo per pochi centimetri e appoggiano le loro folte chiome al terreno. E ti viene da pensare, guardandoli, che stanno ascoltando i messaggi del mare.

Riabilitare la natura, ecco quel che servirebbe. E a Qui, almeno per un mese, lo si capisce bene. Farsi misurare dagli elementi. Ristabilire un rapporto intimo tra i pensieri e gli elementi. E fare i conti con le paure del vento e del mare, del sole e della luna, del giorno e della notte. Sapendo di poterle guardare in faccia una per una. E ammettendo che potrebbe capitare di soccombere. Certo che potrebbe capitare. In ognuna delle particelle che fanno il mondo è annidata la morte. È la morte la grande signora del mondo. E va onorata.

Ma senza perdere mai un atomo di vitalità. La morte è ovunque, sí. Ed è inscindibile dai gesti che ogni giorno compiamo. E ognuno dei nostri gesti costruisce la vita in dialogo perenne con la morte.

Quante raffigurazioni ne sono state date! Tutte paurose, ma a volte anche allegre. C'è una favola, un'altra. S'intitola *Giovannin senza paura*. È la storia di una persona il cui corpo vediamo comparire a pezzi venendo giú da un camino e poi lo vediamo scomparire e tra l'una e l'altra cosa instaura un dialogo con chi vorrebbe portarlo nel sottoscala della paura, immergendolo in un nero buio pesto. E lui non si fa ingannare. Quel che gli importa è mangiare una buona salsiccia, bere un bicchiere di rosso, passare la notte e continuare il suo viaggio.

Giovannin è tutti noi, mentre lo vediamo sfidare le insidie. E ci rendiamo conto che lui le evita perché non ha tanto tempo da perdere. All'indomani il suo cammino proseguirà. Ha altro da fare che soccombere alla paura.

Questo significa che lui la paura non ce l'ha dentro? Certo che ce l'ha. Ma fa in modo di non sguinzagliarla; la tiene a bada facendo prevalere altri istinti vitali. E poi presto avrà sonno e il chiudersi temporaneo degli occhi ristorerà il suo corpo e i sogni si prenderanno cura della sua immaginazione, nutrendola e stratificandola; daranno una prospettiva ai ricordi; e metteranno in sequenza una collezione di gesti passati presenti e futuri.

Giovannin presto s'incontrerà con Hansel e Gretel. A Qui, nella grande pineta dentro la quale si dispiega l'estate.

E chissà se s'incontrerà mai con l'Omino senza Paura. Chi fosse costui è emerso da un racconto di Gianni. Eravamo seduti attorno al tavolo del patio. E lui ha ricordato la figura di un uomo mingherlino, si sarebbe detto incapace di difendersi, ma il cui corpo era abitato da un Eros che non consentiva di provare paura.

Faceva il pittore e abitava in una cittadina di nebbie, dove l'eroe condiviso da tutti era stato un aviatore. Dai suoi quadri – fitti fitti di segni e colori materici – emergeva di tanto in tanto un autoritratto. Sapeva dunque riconoscere il suo viso senza confonderlo con tutti quelli che agli angoli delle piazze incontrava per procacciarsi piacere?

Un Sandro Penna, un Kavafis, forse un Pasolini? Gianni oscilla, il suo racconto contempla un po' l'uno un po' l'altro. Eros magnetico che tiene a bada le paure.

Quest'uomo piccolo e vibratile per anni e anni non ha conosciuto il sentimento della paura. Rischiava ogni notte, ma in genere tornava a casa illeso.

Ed essere senza paura è come non avere l'ombra che ti segue. Significa somigliare a Peter Schlemihl, e come lui farsi arrotolare la propria ombra dal primo compratore e vederlo mettersela in saccoccia e sparire nel buio.

Significa provvisoria effervescenza e presto privazioni di se stessi. Peter dopo rasenta l'infelicità. L'Omino invece cerca Eros e lo trova.

Finché un giorno non succede l'impatto; c'è chi si prende la briga di scorticarlo; e lo lascia a terra in una pozza di sangue. Non è morto, no. Solo ferite, e profonde. E ci sarà un amico fedele a soccorrerlo e a metterlo per una notte nel gran letto tra sé e la moglie. Quasi a volerlo cullare nel calore di chi si vuol bene e sa come convivere con il tempo sotto uno stesso tetto.

Da quel giorno l'Omino senza Paura conosce quell'antico sentimento; l'ombra torna a scodinzolargli dietro. È iniziata la vecchiaia. Le avventure della notte si fanno meno frequenti. Le esitazioni incrinano l'aria d'attorno.

Gianni alza lo sguardo a cercare il mio. Il tè freddo aspetta nei nostri bicchieri.

Lo sappiamo entrambi che la paura è un regolatore dei nostri gesti; un limite mobile; un monito; e un appello ai nostri istinti di conservazione.

Esserne privi è un rischio. Però in quell'omino vissuto nelle nebbie padane c'è stata una lunga parentesi sperimentale nella quale la sua vita non ha abbisognato di reti protettive. Ogni storia è una storia a sé. Sí, però ogni storia è anche un consuonare con altro, di piú vasto e spesso di sconosciuto.

L'Omino senza Paura è apparso oggi in un pomeriggio d'estate a Qui. Ed è scomparso. Nebbie fagocitate dal sole.

Le linee del racconto si spezzano e si ricompongono; cercano una figura: non fissa, no; sempre in movimento. Il racconto è una macchina mobile; somiglia a una scultura che basta un soffio e cambia forma. Vi compaiono personaggi, solo il tempo di una battuta; poi vanno altrove. Entrano ed escono dalla superficie della pagina. Sono luci e sono ombre.

Si fermano a volte e respirano sotto le fronde di un albero. O si siedono su tronchi curvi e quasi rasoterra. Prendono nomi fiabeschi o nomi del tutto comuni. Ma sempre non puoi fermarli.

E se li incontri non sempre ti salutano e se lo fanno sono già lontani dopo aver mosso la mano e l'aria circostante.

E quando arriva la notte le strade serpeggiano nel buio illuminate a volte da lune sospese, altre volte da lampadine che sgusciano da tasche rattoppate.

Fughe lungo i vialetti e i sentieri, fino a giungere all'inizio della salita. Porta a un territorio diverso che si chiama Lí. Va su e poi, curva dopo curva, ti conduce nell'altrove.

Lo sai che potresti raggiungere il piccolo porto, il bar sospeso sul paesaggio, il viavai delle persone, un ristorante nascosto dietro una chiesa. E c'è una piazza e ci sono delle panchine e un parcheggio e non mancano un supermercato e un negozio di tabacchi che smercia anche qualche quotidiano.

Lo sai che potresti farlo, ma non lo fai quasi mai. Preferisci il moletto, la chiesetta e l'isoletta con il faro che ruota a punteggiare di visioni istantanee la notte. Preferisci che il tuo mese a Qui non abbia interferenze con l'esterno.

Non hai una lampadina tascabile, tu. E anche quando ti viene il ghiribizzo di raggiungere il mare inforcando la bicicletta, ti devi fidare dei ricordi. O lucrare la luce di un'automobile di passaggio. Seguirne per brevi attimi la scia e ripiombare nel buio del vialetto che piega laggiú e senti già l'onda che s'infrange sulla battigia.

Non fai mai il bagno di notte. Sarebbe bello; sono anni che non lo fai piú. Ma t'immagini i polpi che volteggiano plurimi di arti sui fondali. La loro è una danza polifonica, rossa come il tramonto acceso che ha detto arrivederci al giorno.

Cammini sul muretto che corre parallelo agli scogli. Senti che ci sono ragazzi e ragazze che amoreggiano o che semplicemente si mandano messaggi. Di tanto in tanto intravvedi il lampeggiare di un display.

E sull'orizzonte buio passa la nave che va verso sud. Domani all'alba ormeggerà in una Palermo ancora sotto le coltri, dove non sono ancora arrivati i colori del giorno e tutto sembra grigio, il colore che ha nella pancia tutti gli altri colori, il mutevole colore della relazione.

Da questa postazione, tra scogli e moletto, è come se intravvedessi le scie che tutte le nuotate hanno lasciato sulla superficie del mare. In teoria sarebbe impossibile; nella pratica dell'immaginazione, invece, si lasciano scorgere e si differenziano a seconda che siano a stile o a dorso. Sono l'equivalente di pensieri e di trame di pensieri. A volte si aggrovigliano e ci vogliono molte bracciate per scioglierli. Altre filano diritti verso il punto. Ma si tratta proprio di un punto?

Se fosse cosí si tratterebbe di frasi, di frasi compiute, dal soggetto ai complementi. Ma dubito che sia davvero cosí. È piú verosimile che i pensieri siano come poltiglie di parole e molte, quelle inutili o in sovrappiú, prima di giungere a riva, affondano, periscono nell'insignificanza.

D'estate ci si può permettere lo sciupio delle parole. Poi verrà l'inverno e sarà necessario metterle in fila. È necessario dar forma a pensieri magri e scattanti; a pensieri che si sono abituati a tenere a bada il fiatone dopo lunghi allenamenti, bracciata dopo bracciata, e piedi che agitano la superficie del mare.

Per stanotte sarebbe tempo di tornare a casa. Ma non si sa mai cosa ti può succedere lungo la via del ritorno. Non lo sai tu che scrivi e non lo sa chi adesso compita l'alfabeto e legge. Lo stesso si gira la pagina della notte, sperando di trovare nel capitolo seguente la pagina chiara del giorno. Simile all'attracco della nave nel porto di Palermo.

Notte attraversata solcando il mare e notte

attraversata solcando i pensieri. Costeggiando le paure e costeggiando le eruzioni dello Stromboli. Notte che aspetta di sbucare dall'altra parte dei pensieri. E nel frattempo si abbandona al sonno e ai sogni.

Inforco la bicicletta e vado.

Al mattino si apre la finestra ed ecco la luce, una spremuta di arancia, un tè e due fette biscottate con un velo di marmellata. E i pensieri si rimettono in moto.

Bella viveva in una delle poche case che sorgono dal lato del mare. Oggi ho deciso di andare a fotografarla.

Bisogna risalire il gran viale dei carrubi, come se si volesse uscire dalla tenuta. Ma fermarsi prima.

Sul percorso, sul lato opposto, c'è un capanno ad annunciare che la casa di Bella sta per comparire. Sospetto che in questo edificio sbilenco con il tetto coperto da frasche e una gran porta all'ingresso, si siano fermati anche Hansel e Gretel.

Stanno esplorando la pineta in lungo e in largo e non si capisce se hanno deciso di fermarsi o se presto andranno altrove. Quando appaiono confabulano tra di loro e non sempre si riesce a capire quel che si dicono.

Saranno ancora indecisi. Forse stanno semplicemente mappando il territorio per poi trasportarlo in un'altra fiaba. E viene il dubbio che a Qui le favole siano come dei vasi comunicanti e l'una s'infiltra nell'altra e ne deriva un sussurrio ininterrotto che a volte si trasforma in fragore di parole, ma solo per poco, perché poi è come se qualcuno abbassasse il volume dell'audio. E di nuovo si torna a un sottofondo che si mischia all'andirivieni del mare.

Accanto alla casa di Bella sorge un altro edificio. Doveva avere le funzioni di fienile. A osservarlo con attenzione è ancora piú affascinate della casa. Certo, non ha nessuna superficie aggettante, nessun terrazzino dove stare a prendere un caffè. Ma quel suo essere cosí ben piantato alla terra gli dà un grande senso della misura.

Probità di pietre, colori che s'intonano all'intorno, geometrie nette e semplici. Quasi un abbecedario architettonico.

Questo non significa che entrambi gli edifici non siano adesso in rovina. Anche da lontano si capisce che hanno il tetto sfondato e che alle finestre non è sopravvissuto nessun vetro. Gli elementi – il vento, la pioggia, la luce, il buio – entrano ed escono come e quando vogliono.

Mi chiedo se Hansel e Gretel siano già passati a perlustrarli e a prendere le misure di un'eventuale abitabilità.

Il mare mugghia lí dietro, come a voler ricordare che non basta scattare delle foto. A Qui la paura la fa da padrona. E forse ci vorrebbe il mio amico fotografo per imprigionarne le fattezze in un'immagine scattata dopo aver premuto il bottoncino dell'avvio.

Forse lui ci riuscirebbe, io no di certo. Però sento che Bella arieggia come un venticello che porta con sé le parole di un racconto disperso.

Dopo il pranzo di qualche giorno fa, la padrona di casa quella telefonata promessa l'ha fatta. Con riluttanza, ma l'ha fatta. È anche entrata in alcuni dettagli, ma senza esaurire la storia. Quella di Bella divorata dalla Bestia non è una storia che possa star dentro un telefono.

Hanno bisogno di aria aperta e circolante; hanno bisogno dello spiazzo che c'è di fronte alle case. E le rovine le si attagliano alla perfezione. Rovine come emblemi della caducità di ogni cosa. Rovine come "tempo vero" stratificato.

Il corpo di Bella fu ritrovato dopo giorni e giorni. Ammetto che avrei preferito che fosse andato disperso per sempre. Lo ammetto perché un corpo gonfio e tumefatto dal mare non corrisponde alla potenza del racconto e alla suggestione del suo nome.

Bella non era piú in quel corpo; era diventata un monito per ognuno; e anche la sua casa e le sue nuotate contenevano altre cose che nessuna indagine o autopsia avrebbero rivelato.

Era successo quella volta che la paura aveva dispiegato tutte le sue forze e, come un vento al quale non si può resistere, si era portata con sé la giovane donna.

E se qualcuno si era macchiato di assassinio – e durante la telefonata mi era parso di capire che fosse avvenuto – quel qualcuno avrebbe visto la propria anima bruciare come se all'intera pineta fosse stato appiccato il fuoco.

E la pena del carcere non sarebbe bastata; e se gli fosse stata data l'evenienza del ritorno sarebbe stato un ritorno senza nessuno disposto ad accoglierlo. Con quel gesto aveva costruito un deserto lungo e largo, da percorrere e ripercorrere nella solitudine piú arsa e desolata. Aveva fatto di se stesso un buco nero.

E Bella da quel momento aveva invece cominciato a brillare come fiato chiaro del mattino; proprio come quello che ho scorto oggi aprendo la finestra.

Nell'orrore della guerra a volte c'è anche l'orrore della natura. È con questa constatazione che prende l'avvio il racconto di stanotte. Ci penso ricordandomi dell'enigmatico e forse inesistente compagno di Bella. Era davvero in guerra, quando la lasciava sola? Era rannicchiato in una trincea, nella «desolazione della Valgrebbana», con le cuspidi aguzze e taglienti delle «due Grise, la forca del Palalto e del Palbasso, i precipizi della Fòlpola». Già dai nomi sembrava un «paese fantastico, uno scenario da Sabba romantico, la porta dell'Inferno».

Lassú, in attesa che la guerra prenda la forma dell'ennesimo agguato, c'era «un caotico cumulo di rupi e di sassi, l'ossatura della terra messa a nudo, scarnificata, dislogata e rotta».

Ossa di soldati contro ossa della nuda terra, calvi picchi di montagna. Ossame. «Gran parte delle trincee s'eran dovute aprire spaccando il vivo masso, a furia di mine: il monte delle schegge aveva dato il materiale per i muretti e il pietrisco era servito a riempire i sacchi a terra».

Il tenente Alfani tiene d'occhio i suoi uomini. Da troppo tempo la quiete prevale. E lui si sente inerme, preferirebbe stare nei campi di battaglia, avere vicino il pericolo, e sfidarlo, come è già avvenuto altre volte. E invece per qualche riga lo sentiamo parente di Giovanni Drogo, il protagonista del *Deserto dei Tartari*.

«Ma improvvisamente la tranquillità fu rotta, al primo chiarore di un'alba di agosto». Prima uno sparo, poi degli altri. I nemici, dall'altra parte, dovevano aver cominciato una nuova fase, degli ordini d'attacco erano arrivati.

Bisognava presidiare il luogo piú esposto; era necessario che i turni s'infoltissero e che si tenesse d'occhio l'ingresso della vallata.

«Le stelle palpitavano nella metallica lastra del cielo staccante sulla terra nera, accasciata, appianata e come ripiegata sopra se stessa. La forca dei due Pali e le piramidi delle Grise disegnavano appena il loro orlo corroso dalle tenebre di contro alla massa informe del Montemolon: tutti gli altri accidenti dell'aspro paesaggio restavano avvolti nell'oscurità. Non una bava di vento, non un rotolar di sasso, non una luce umana».

Un attimo prima del primo sparo, il tenente Alfani provava a prendere sonno senza riuscirci: «le ondate dei ricordi e la turba dei pensieri e la ridda delle immagini lo travolgevano».

Il silenzio della notte «pareva pieno di tanti rumori: fluire di acque, cori di campane, mormorio di folle lontane». Ed ecco che d'improvviso il silenzio è squarciato: «uno sparo o l'inganno del senso?».

L'oscillazione dura poco, perché subito dopo «echeggiò, sempre dalla stessa parte, il sordo crepitio d'una raffica di mitragliatrice, simile al lontano scoppiettare d'una motocicletta che serpeggiasse per le giravolte alpestri».

Nell'apparente deserto dei Tartari irrompe la morte. Il tenente Alfani manda prima una poi l'altra delle sue reclute al posto di vedetta sul canalone, e tutte vengono falcidiate lungo il percorso dagli spari del nemico occulto.

Uno, due, tre, quattro, cinque: cosa fare? Gli ordini sono ordini, vanno rispettati, e a lui è stato detto che quel luogo va presidiato. Dinanzi alla morte e alle grida dei feriti i pensieri si fanno confusi, e anche un tentativo di chiamare il comando va a vuoto.

È costretto a eseguire gli ordini, a mandare in avanscoperta, sacrificandoli, altri suoi uomini. È il turno di Zocchi, «con quel suo viso largo di zigomi e appuntito sul mento, un gran naso sottile, gli occhi piccoli e fuggenti, il collo lungo e scarno, le orecchie grandi e spalmate come manichi di pignatta».

La paura è stampata sul viso di Zocchi, il pomo di Adamo gli viaggia per il collo; la paura «era nel suo sguardo tremulo, nelle sue labbra pallide, nei suoi ginocchi che si piegavano, nella mano che pareva sul punto di abbandonare il fucile».

Il tenente Alfani gli sta di fronte, ascolta le sue parole, il suo raccomandargli la moglie e i tre figli, la speranza che il Governo ci pensi, nel caso in cui lui...

«E Alfani lo conosceva anch'egli, il brivido tremendo dinanzi al pericolo certo, presente, inevitabile. Finché la minaccia è imprecisata, nello scoppio di una granata che non si vede arrivare, in una raffica di mitragliatrice o in una scarica di fucileria inaspettata, che possono e non possono colpire, il coraggio riesce ancora facile; ma se la morte è lí, acquattata, vigile, pronta a balzare e a ghermire; se bisogna andarle incontro fissandola negli occhi, senza difesa, allora i capelli si drizzano, la gola si strozza, gli occhi si velano, le gambe si piegano, le vene si vuotano, tutte le fibre tremano, tutta la vita sfugge; allora il coraggio è lo sforzo sovrumano di vincere la paura; allora la volontà deve irrigidirsi, deve tendersi come una corda, come la corda del beccaio che trascina la vittima al macello».

Il compagno di Bella come si comportò e davvero era al fronte quando lei si aggirava nel fitto della pineta? Il tenente Alfani disse anche a lui, come a Morana: «Ma cos'è... Hai paura ... Anche tu?».

«Gli occhi smarriti, le labbra paonazze dicevano di sí, che egli aveva paura, tanta paura, una paura folle, ora che non si doveva combattere in campo aperto, ora che l'orrida morte era accovacciata lassú».

Anche a Qui, lassú, sopra la pineta, nella parte piú alta della collina, c'è il ricordo fisico della guerra. Pietre su pietre, un edificio dal tetto sfondato, com'è sfondata adesso la casa di Bella. Non trincee, piuttosto feritoie per intrufolare lo sguardo.

Sono in pochi a venirci. È necessario inerpicarsi per il sentiero e tenere a bada il fiatone. Salire, guardando con la coda dell'occhio il mare che si allontana. Salire fermandosi di tanto in tanto a quietare il respiro.

È un luogo per ragazzi avventurosi, per novelli Hansel e Gretel. Alcune scritte è come se pendessero dai muri sbrecciati. È difficile riuscire a compitarne il senso; sono frantumi di alfabeto che il tempo ha smozzicato in un bla bla; è una lallazione a labbra chiuse.

C'è un masso sul quale sarà stata appoggiata una mitragliatrice. E girandosi all'indietro le stanze sono bandiere che sono state fatte a pezzi dal vento. Pavimento disselciato. S'intravvede quella che forse sarà stata una cucina. E in fondo il cesso sfondato. E le finestre sono come occhi svuotati di pupille. È il sovramondo inquieto di Qui.

Nel racconto «un brivido passava per l'aria: il sole si oscurava, raggiunto dal gelido cirro che si dilatava dal nord: tutte le insenature delle valli, tutte le spaccature dei precipizi esalavano globi e spire di vapori che formavano un tempestoso oceano aeriforme sull'oceano di sasso».

Da Qui, invece, si domina il sud, l'estate che addensa la sua foschia sulle isole lontane e che lascia indenne l'isoletta con il faro. La pineta è fitta fitta e si curva lungo la costa. Il mare sembra fermo. E solo quando arriva a toccare l'isoletta si divide in due e si capisce che si muove.

Da quassú, Qui è un arcipelago di paure che scrivono se stesse nell'aria. È alfabeto primario. E laggiú c'è il mio mese di nuotate e di pensieri raccontati e trovati nei pochi libri che ho messo in valigia.

L'acqua del mare avvolge il corpo di chi nuota e lo sostiene. Stare in acqua significa stare sospesi, come se la forza di gravità non agisse. Il peso del corpo non si scarica sui piedi e non flette la colonna vertebrale. A volte viene il desiderio d'interrompere i movimenti del nuoto e di starsene fermi a galleggiare. È cosí che si "fa il morto".

Abbandonarsi all'onda, ecco cosa è necessario per "fare il morto". Abbandonarsi e allo stesso tempo governare l'abbandono. Corpo fluido quasi come l'acqua. Muscoli rilassati ma non troppo. Occhi che si chiudono, ma al tempo stesso sono desti e vigili dietro lo schermo di carne della palpebra.

Si sta al centro del mare lasciando che il tempo passi. Ed è come stare distesi su un grande letto mobile. Sotto il mare, sopra il cielo. In mezzo un corpo. E sia dentro sia fuori i pensieri le immagini i ricordi.

Il treno non passa da Qui. Eppure oggi la quiete del mattino è interrotta dal blues del suo sferragliare: «Il treno correva a tutto vapore nelle tenebre».

Ma è mattino o è notte? Forse è in atto un'improvvisa eclissi, perché tutto si è oscurato. «Da-

vanti a me era seduto un vecchio signore che guardava fuori dal finestrino».

«Era una notte senza luna, senza aria, soffocante. Non si vedevano stelle e il fiato del treno in corsa ci buttava addosso un che di caldo, molle, opprimente, irrespirabile».

Il treno corre verso il centro della Francia. Nelle carrozze aleggia un sentore di fenolo. Fuori è tutto buio, non si riesce a vedere nulla. Il finestrino è come uno schermo vuoto. Ma ecco quel che accadde «all'improvviso, come un'apparizione fantastica: intorno a un gran fuoco, nel bosco, c'erano due uomini in piedi».

I due viaggiatori stringono gli occhi, vogliono trattenere l'immagine prima che svanisca: «Li vedemmo per un attimo: ci sembrarono due poveracci, stracciati, rossi nella luce abbagliante del falò, coi visi barbuti rivolti verso di noi e intorno, quasi fosse lo scenario di un dramma, gli alberi verdi, d'un verde chiaro e lucente, i tronchi percorsi dal vivo riflesso della fiamma, il fogliame, solcato, penetrato, bagnato dalla luce che vi si spandeva».

Un attimo, poi tutto tornò buio. Il treno continuava ad aggredire la notte sbuffando e arroventando le rotaie.

Il vecchio signore che guardava fuori dal finestrino tira fuori l'orologio e rivolto al compagno di viaggio dice: «È mezzanotte precisa, e abbiamo appena visto qualcosa di veramente insolito».

Sí, ma cosa hanno visto di preciso? Nessuno dei due sa dirlo, però il provare a farlo li avvicina e suscita un dialogo.

Per il vecchio signore non è cosí importante stabilire cosa abbiano visto; lui si dichiara contento di aver assistito a quella scena fugace. Dice che gli ha trasmesso «una sensazione di altri tempi!». E si lancia a rievocare un mondo che teneva da conto le fantasie e soprattutto sapeva ancora trafficare con la paura.

Ecco come si rivolge al suo compagno di visione: «Sí, signore, hanno impoverito la fantasia sopprimendo l'invisibile. Oggi la Terra mi appare come mondo abbandonato, vuoto e spoglio. Non ci sono piú le credenze che la rendevano poetica».

Seduto al suo posto, l'altro lo ascolta: «Quando esco di notte, come vorrei rabbrividire di quella stessa paura che spinge le vecchie a farsi il segno della croce lungo i muri dei cimiteri e fa fuggire gli ultimi superstiziosi davanti agli strani vapori delle paludi e ai bizzarri fuochi fatui! Quanto mi piacerebbe credere a quel non so che d'incerto e spaventoso che si credeva di sentir passare nell'ombra».

Sto sempre facendo il morto e nel frattempo mi è apparsa questa novella. S'intitola *La paura* e l'ho letta la notte scorsa. E mentre ne ripasso i passaggi, mi sembra di ascoltare nella voce del vecchio signore la nenia di un nostalgico dei bei tempi andati. Ma forse cosí non è. Forse dovrei immaginarlo come un sodale di quel filosofo che ha trattato il passato come un qualcosa che può sempre risorgere. Basta farsene storici e stabilire i nessi tra il vero e il certo. E in questo passato pullulano le sensazioni di altri tempi.

Il vecchio signore argomenta: «Con il soprannaturale è sparita dalla Terra la vera paura, perché si ha vera paura soltanto di ciò che non si capisce. I pericoli visibili possono emozionare, turbare, spaventare. Ma che cosa sono a paragone degli spasimi che stringono l'anima al pensiero d'incontrare uno spettro errante, di subire la stretta di un morto, di veder arrivare uno di quegli spaventosi animali partoriti dal terrore degli uomini? Le tenebre mi sembrano chiare, da quando sono vuote di incubi».

Riapro gli occhi e mi chiedo se davvero abbiamo paura soltanto di ciò che non capiamo. E mentre mi pongo la domanda, senza averlo deciso riprendo a nuotare. Torno verso riva a dorso; alzo le braccia e vedo le mani che ruotano all'indietro; scorgo qualche goccia che presa dal mare torna al mare.

Nel racconto l'altro viaggiatore è lo stesso scrittore. È a lui che, mentre il vecchio signore argomenta la sua tesi, «tornò il ricordo d'una storia che ci raccontò Turgenev una domenica in casa di Gustave Flaubert».

È troppo, mi dico: tre grandi scrittori allo stesso tavolo e uno di loro prende la parola per dar forma a un racconto di paura che forse non scriverà mai. E anche lui a sostenere che «abbiamo paura soltanto di ciò che non capiamo. Proviamo quella tremenda convulsione dell'animo che chiamiamo spavento, soltanto quando alla paura si mischia un po' del superstizioso terrore dei secoli passati».

Sarà ancora oggi proprio cosí? Per il vecchio signore non c'è alcun dubbio; per lui vi «sono sere in cui sembra che gli spiriti ci sfiorino, l'anima rabbrividisce senza ragione, il cuore si stringe nel confuso timore di qualcosa d'invisibile, che io rimpiango».

Il treno continua ad andare nella notte; l'apparizione dei due uomini in piedi, intorno a un gran fuoco, nel bosco, ha messo in moto i pensieri. Pensieri raccontati, mai fermi, simili alle mani che tornano indietro cercando l'inclinazione giusta per entrare in acqua e contribuire a un movimento fluido e costante.

Le paure naturali sono sia visibili sia invisibili. E soprattutto hanno nomi. Danno i brividi, ma è possibile rapportarsi con loro.

Le paure industriali, l'incessante fabbrica della paura dei nostri giorni sono anch'esse sia visibili sia invisibili. Ma non hanno nomi, solo sigle, acronimi, abbreviazioni, tutt'al piú fantasmi di nomi. Ed è quasi impossibile stabilire dei rapporti uno a uno.

Le paure dell'oggi sono come il colera che chiude il racconto. «Vedete, signore: noi stiamo assistendo a uno spettacolo strano e terribile: l'invasione del *colera*!

«Sentite il fenolo che appesta questo scompartimento: vuol dire che in qualche posto c'è Lui... Per lui si balla, si ride, si accendono i fuochi, si suonano i valzer – per lui, lo Spirito che uccide e che si sente presente dovunque, invisibile e minaccioso, come un antico genio del male evocato dai sacerdoti barbari...».

Vedete, signori, verrebbe da parafrasare, noi stiamo assistendo a uno spettacolo strano e terribile: l'invasione delle paure metafisiche, senza un vero oggetto; paure barbariche che tolgono la vita con insensatezza; paure che mirano direttamente alle nostre amigdale, laddove siamo ancora come i nostri antichissimi progenitori: primati dalle cui ugole escono solo suoni inarticolati e gutturali, vagonate di vocali scure e interiezioni a badili.

Come pensavano Vico e Proust tutto torna, sia pure sottoposto alla metamorfosi del tempo. Tutto torna come gli andirivieni tra qui e là, come le mie nuotate di questo mese estivo.

Gli antichi geni del male, basta strofinare le antiche lampade, ed eccoli a pieno servizio nel mondo del presente. E di nuovo si fanno da presso i versi di Kavafis. Ma questa volta sono rovesciati: a evocare il pauroso arrivo dell'Estraneo sono i sacerdoti barbari. D'altronde, è stato detto, la civiltà è solo un intervallo tra due barbarie.

Mentre mi asciugo penso al colera. Fernando mi sta aspettando, torneremo alle nostre rispettive case facendo una parte di percorso insieme. Lui è infermiere e all'epoca del colera aveva dei figli piccoli. Lo stimolo al racconto e lui non si fa pregare.

L'aria sapeva di varechina, dice, e la città sembrava non avere colori, dominava il grigio. E la paura serpeggiava nelle parole e nei gesti.

Lavoravo da poco all'ospedale militare. Le

tante persone che venivano a fare la vaccinazione attraversavano un intrico di vie e vicoli, alcuni cosí stretti che veniva da chiudere gli occhi: no, l'automobile non sarebbe mai riuscita a passare, e l'autobus che veniva nella direzione opposta mi sarebbe precipitato addosso.

Ero arrivato in quella città solo da pochi mesi, e questo fu l'inizio. Le scuole che avrebbero dovuto frequentare i miei figli tardavano ad aprire. Li vedevo che giocavano a pallone sotto casa, come in un tempo sospeso ma avventuroso.

Abitavamo al Rione Alto, e orientarmi mi era difficile. Sapevo solo che, dopo un lungo percorso, avrei dovuto affrontare l'intrico di vie e vicoli per raggiungere l'Ospedale militare, dove c'era la fila per le vaccinazioni.

Il colera, era dovuto al colera il clima dominante di quella fine del 1973. Ma se devo essere sincero, quel clima era piú nelle parole che non nei nostri gesti. Si bighellonava, e io in particolare facevo esercizi di orientamento.

Venivo da un paesino etneo, dove di notte la serpentina di lava scendeva luminescente a ingoiare le terre che sfortunatamente erano sul suo percorso. Napoli era per me la piú grande città che avessi visto. Ne intuivo le dimensioni, e cominciavo a sperimentare le sue lusinghe e i suoi tanti paradossi.

Insomma il mondo parlava di Napoli per via del colera, e noi ce ne andavamo in giro a cuor leggero. Com'era possibile? Capii in seguito che la città nella quale ero andato a vivere veniva investita a ondate da terremoti molto diversi da quelli reali dell'Etna. E del resto il vulcano della zona, una volta definito lo «sterminator Vesevo» se ne stava zitto e muto, come un oracolo che si è stancato di vaticinare.

Quando questi terremoti erano in atto, della città si poteva dire tutto e il contrario di tutto; qualsiasi affermazione, come qualsiasi negazione, era consentita. Cominciavo a capire che a ben pochi stava a cuore il reale oggetto della discussione. Ognuno aveva un suo interesse perché le cose andassero cosí o colà. Provavo malinconia, la stessa malinconia che provai quando si scoprí che l'imputato primo dell'epoca – le cozze – non c'entravano nulla; e quando capii che anche l'igiene pubblica – certo precaria e da bonificare senza dubbio – non era la causa del colera. Qualcuno disse che non si poteva nemmeno parlare di vera epidemia.

Non c'era nulla da fare, ma quell'inarrestabile terremoto aveva vinto. Napoli suggeriva, e avrebbe continuato a suggerire, che il colera in città era possibile. E dunque se lo suggeriva, era vero, verissimo, uno stemma morale; meglio tenersene alla larga: dal colera e dalla città.

Questo significa che la città non avesse problemi? E com'era possibile affermarlo? Il primo, tra i tantissimi, mi sembrò questo: non seppe difendersi. La sua potenza, quella potenza che scoprivo andandomene in giro, non sapeva darsi un potere. Preferiva che i suoi problemi reali fossero offuscati – e dunque mai davvero affrontati – da un eterno chiacchiericcio. E mi dicevo:

non è questo purtroppo il destino delle città coloniali?

Siamo arrivati al bivio. Fernando ha arrestato il passo proprio quando è scattata la sua domanda. E allo stesso tempo ha alzato gli occhi e mi ha guardato. Per tutto il percorso il suo sguardo aveva pennellato il fondo del sentiero. Ma adesso è come se si fosse liberato di un qualcosa.

Raccontare può fare di questi effetti. E il suo racconto mi sembra che abbia preso, passo dopo passo, la forma dell'apologo. Fernando e il vecchio signore della novella adesso mi si confondono. È come se i loro eloqui somigliassero a vasi comunicanti. Acque che si mescolano ad acque.

Ho ancora i capelli un po' bagnati. Ci salutiamo, con la promessa che domani nuoteremo insieme. Da qui a lí e viceversa, approdando e salutando lo scoglio che ha la foggia di una maschera azteca.

Risalgo il vialetto che porta a casa. E apro il cancelletto che separa il patio dalla campagna. La nostra padrona di casa ha lasciato un piatto di ceramica sopra il quale fanno bella mostra di sé fichi e pomodori. Il pasto di oggi è assicurato.

Dietro di me avverto un'ombra. È "la pazza"; porta la solita veste sbilenca; e ha tra le mani un qualcosa d'indefinibile; i suoi occhi non si alzano.

Mi torna in mente la frase del vecchio signore, compagno di viaggio notturno di un lettore notturno: «Quanto mi piacerebbe credere a quel non so che d'incerto e spaventoso che si credeva di sentir passare nell'ombra».

A Qui può anche accadere di crederci, sia pure per un attimo. "La pazza" è già scomparsa dietro un fico a forma di guerriero.

Qui è luogo di tramonti. Durante il mese che declina ne ho collezionato un certo numero. Sempre diversi. Sempre sorprendenti. E sempre con il patema d'animo che il sole si perda scomparendo prima di arrossare l'orizzonte.

A volte, ammirandoli, viene da dire: sembra un Luca Giordano. Altre si esclama: ma è un Salvator Rosa. E il raggio verde, tu l'hai visto. Io no, quest'anno mai.

E quando ci sono le nuvole e il sole deve lottare per tenersi potente e visibile fino in fondo, ecco che qualche volta sembra come uno di quei circensi che, dopo i loro esercizi, si catapultano fuori dalla rete di protezione con un guizzo improvviso. E anche il sole lo vedi venir fuori dalle nuvole saltando all'indietro. E cosí il tramonto è completo e si può tornare a casa pensando che lo spettacolo della sua luce per oggi sia davvero finito.

Là in fondo, quando il sole declina, compaiono la costiera e le isole. Sono un laggiú che va decifrato con attenzione e ogni volta ti viene il dubbio che quella forma non sia proprio l'isola che immaginavi. E quella punta concava, che pensavi fosse la costa che s'inabissa nel mare, magari è solo una nuvola che tra breve si sfilaccerà scomparendo nell'ultimo orizzonte.

I giorni sono passati e il tempo della luce si è abbreviato via via. E anche il sole oggi tramonta in un luogo diverso. La sua posizione è cambiata. Ed è inutile guardare l'orologio, il buio arriva prima. Le nuotate pomeridiane devono essere anticipate.

Nuotare di pomeriggio è diverso che farlo di mattina. Il mare è piú sgombro. A volte sulla scogliera non c'è piú nessuno. E si raggiunge la maschera azteca con maggiore circospezione.

C'è come una mano che spinge a fare piú in fretta. Devi sincronizzarti con il sole. Se allunghi il tragitto, tramonterà prima del tuo ritorno. Inoltre a quest'ora il sole è già basso. Prendendo fiato, ti sembra di vederlo galleggiare sulla superficie del mare. Ti accompagna di lato, da un solo lato.

L'acqua, prima che il sole tramonti, assume dei colori ribaltati. È come se tutta la luce del giorno si raccogliesse sul fondo del mare, prima che il buio spadroneggi e inghiottisca nelle sue ombre i fruscii dei pesci.

La guardo attraverso gli occhialini. È la luce della misericordia. Non ferisce, né abbaglia; dà rilievo al fondale come una pennellata impressionista.

Sembra essersi smemorata della sua fonte e vibra nel laggiú equoreo trasmettendo a ogni cosa una fugace meraviglia.

Presto anche l'estate tramonterà. E con lei finirà questo mese trascorso a Qui. Manca poco? Sí, manca quel che serve a finire questo libro. È uno zibaldone di paure. Un diario di nessuno. Una collezione di pensieri raccontati.

Quando l'estate sarà finita, questi pensieri forse svaniranno con la stessa naturalezza con la quale sono apparsi. Forse andranno a rifugiarsi nel fondo del mare. Forse si stabiliranno nelle misure dell'alfabeto, quei soli venti caratteruzzi che possono forgiare mondi.

E se mi voltassi all'improvviso, argomentava il filosofo aggiungendosi al poeta, il tramonto ci sarebbe ancora? O senza il mio sguardo percepiente nulla esiste?

Dubito che voltandomi il sole sparisca. Però senza i nostri sguardi il sole non sarebbe lo stesso. È quel che pensa il pescatore che adesso sta tirando la barca in secco. Per domani è prevista tempesta. Ed è meglio premunirsi.

Lui ha un bel viso, solcato da rughe nette e illuminato da occhi cerulei. Porta i capelli con la riga di lato. Quando sorride le fessure tra i denti sono piú d'una. Ma è di una bellezza indubitabile.

Non ha studiato a scuola; ha invece molto studiato tra sé e sé. E sempre al tramonto si è fatto la stessa domanda: che forma ha il mondo? Mi mancano le parole per dirlo, però so per istinto quel che succede al sole. A volte so cosa pensano le stelle. E altre volte la meraviglia mi inumidisce il viso.

Il pescatore vorrebbe spiegazioni; si avventura a fare domande al cittadino che passa un mese all'anno in questo luogo. Ma è solo per scambiare due parole, perché è chiaro che il cittadino, pur avendo frequentato le scuole, ne sa molto meno di lui.

E allora ritorna nel suo silenzio; usa l'argano per mettere la barca al riparo dalla futura tempesta; e si vede che gli spunta un sorriso agli angoli della bocca.

Lui sa da dove spirerà il vento domani. Sa che bisognerà avere pazienza e aspettare. E la paura, la paura non dimenticarla, ma celebrarla come è giusto che sia.

Il pescatore la paura saprà farla danzare.

Adesso il mese è davvero finito; ed è necessario fare all'incontrario il lungo viale percorso all'inizio, riattraversando la campagna e costeggiando pini fichi viti ulivi e carrubi. Mettere ogni cosa in macchina, stipando il portabagagli; decidere se lasciare le biciclette o portarle con sé; e soprattutto fare con tutti i pensieri accumulati un corteo e spingerlo oltre il cancello, oltrepassato il quale lasceremo tutti insieme l'estate.

Salutare Hansel e Gretel; dare una carezza a Bella e alla "pazza"; dire grazie agli autori dei racconti consacrati alla paura, le cui righe notturne si sono impigliate in queste righe; e gli stanziali di Qui tenerli bene a mente, nome per nome, per poterli battezzare con precisione anche il prossimo anno; e gli amici e le amiche, sodali di onde e di scogli, portare anche loro in questo lungo corteo dell'uscita. Tutti e tutte, ogni cosa e ogni pensiero fuori dal cancello.

L'estate, l'estate lunga un mese, esce con tutti noi e Qui si riposa, torna ai suoi usuali ritmi, e le onde corrono solitarie e toccano le rive e forse hanno a tratti un brivido di malinconia.

Mentre scrivo quest'ultima pagina, si alza il vento, scuote ogni cosa; è lui a sospingere fuori tutto quel che trova dinanzi a sé.

Si curvano gli alberi, volano le suppellettili, s'infrangono i vetri, sbattono fragorosamente le imposte. E il mare, il mare ha d'improvviso mutato umore e le sue onde adesso s'ingrossano, spruzzano, schiumeggiano, schiaffeggiano.

Il vento è agitazione, sibilo, gorgo d'aria; è sospingimento violento; è bufera imprevista anche quando il meteo ti ha detto che, sí, ci sarà il vento, senza aggiungere che soffierà piú veloce della bora.

Qui è intimamente penetrata dalla Natura, ma la violenza del vento che soffia adesso, mentre scrivo quest'ultima pagina, è difficile da pensare e da prevedere. Le imbarcazioni sono in fuga verso un riparo; la banchina del porticciolo, deserta e merlettata dalla schiuma rabbiosa delle onde, è come se oscillasse.

Sembra un terremoto che dura oltre se stesso; un terremoto né sussultorio né ondulatorio, ma vorticante. Si avvita su se stesso, sibila e ringhia. Se provi a salvare una pianta, ti ributta indietro, quasi volesse strapparti tutti i capelli dalla testa.

La forza sradicante del vento s'incurva, percorre ogni dove; fa scomparire ogni cosa; mozza e trasforma questo frammento di mondo esterno che prende il nome appuntito di Qui.

È appena caduto un albero; è come se fosse stato stracciato come si straccia un foglio di carta. No, il vento non smette di correre pazzamente per la pineta, le colline le rovine e il mare.

Pensi a come le cose sono ancorate alla Terra: non solo gli alberi, ma anche le case con i loro balconi, i lampioni, noi stessi con i nostri piedi.

Le cose e le persone sono ancorate alla Terra e ognuno ha un proprio modo di resistere al vento.

Ma fino a quando? Fermati, vento malevolo e potente; risparmia le nostre radici; abbi pietà di noi.

Io ho paura.

Stampato per conto di Neri Pozza Editore
da Grafica Veneta S.p.A., Trebaseleghe (Padova),
nel mese di ottobre del 2018

Questo libro è stampato col sole

Azienda carbon-free